吴文超 ◎ 著

吾见如是

海天出版社（中国·深圳）

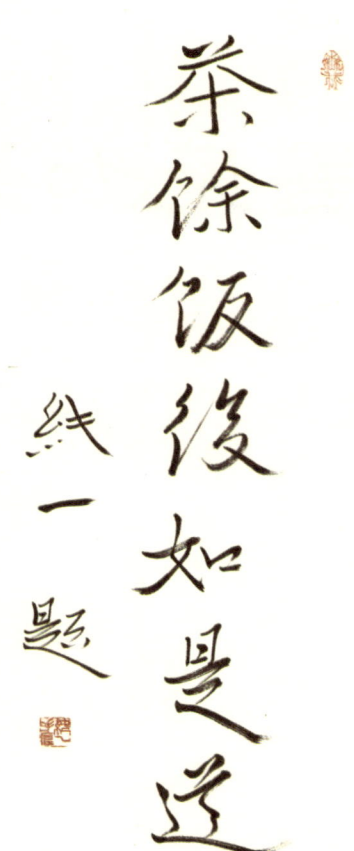

中国佛教协会副会长　纯一题

茶餘飯後如是道

印順

中国佛教协会副会长　印顺题

图书在版编目（CIP）数据

吾见如是 / 吴文超著. -- 深圳：海天出版社，2016.1
　ISBN 978-7-5507-1465-6

Ⅰ.①吾… Ⅱ.①吴… Ⅲ.①茶叶—文化—中国—文集 Ⅳ.①TS971-53

中国版本图书馆CIP数据核字(2015)第216371号

吾见如是
WU JIAN RU SHI

出 品 人：聂雄前
策划编辑：于　辉
责任编辑：徐丹娜
　　　　　梁　萍
责任技编：蔡梅琴
装帧设计：蒋南松

出版发行：海天出版社
地　　址：深圳市福田区彩田南路海天综合大厦（518033）
网　　址：www.htph.com.cn
订购电话：0755-83460293（批发）　0755-83460397（邮购）
印　　刷：深圳市文光彩色印刷有限公司
开　　本：787mm×1092mm　1/16
印　　张：17.25
字　　数：220千
版　　次：2016年1月第1版
印　　次：2016年1月第1次
定　　价：50.00元

海天版图书版权所有，侵权必究。
海天版图书凡有印刷质量问题，请随时向承印厂调换。

这里原来好说禅

冯学成（禅师）

六年前，我在深圳报业会堂做了一次题为"正位凝命"的讲座，吴君文超代表《晶报》，专门安排我的接待，故曾有两日之缘，交谈之间印象颇佳。今年春节后，我在广州粤海书院再讲庄子的《齐物论》，吴君专程从深圳赶来听讲，颇有知音识味之感，并送一部在《晶报》上连载的文集给我看，嘱我为之作序。

吴君文集有六十余篇，风格或比或兴，皆为日常生活中柴米油盐、酱醋茶酒所引起的喜怒哀乐平常之事，但经一位报人——有着传统文化修养，在心性上下过功夫的报人之笔，风光便不一样了。这六十多篇短文中，忧思与恬淡，沉重与飘逸，耻辱与荣誉，草根与庙堂，俗情与禅悦，乃至古今中外的闲事，在茶余饭后娓娓道来，可观者多，可思者多。

我是成都人，成都是以闲散、悠逸闻名于

世的城市，而深圳处于改革开放的前沿，生活和工作节奏素以快著称。一位身处深圳多年的资深报人，居然有如此闲淡的心情写这些尘世"风月"之情，实在出乎我的意料。吴君这本文集即将出版，出版后人们又会怎样去品味呢？这就因人而异了。

因我这些年常讲庄子，还是拿庄子来说说吧。在庄子的《知北游》中，东郭子问道于庄子，庄子回答说，"道在蝼蚁"、"在稊稗"、"在瓦甓"、"在屎溺"。为什么呢？因为道无所不在，所以唐代禅师说"立处皆真"，皆可演说不二法门。

吴君好禅，亦沉潜用功，欲把日常见闻觉知中的禅悦之情一以贯之，并与他人分享，也是独乐乐不如众乐乐吧。

我尚未为他人文集作过序，也不知作序的要领，仅以打油诗一首，作为对吴君此书的赞叹吧。

饭后茶余话世缘，
忧思哀乐总悠然。
任他笔墨心中闹，
这里原来好说禅。

2015年3月29日于广州粤海书院

灵性起则万物尽

刘心武（作家）

师兄文超，于尘世喧嚣老僧入定，口吐禅机，动辄儒释道；效法祖师东方朔，大隐隐市，避世金马门。

20世纪80年代本科直升研究生，留洋数载，可谓通古博今，涉猎中外，饱学之士也。然任职媒介高管，十年不见进取，唯学识日长，辨识滔滔，笔力锋芒，每令人无可招架。

某日同窗好友聚谈，一儒、一释、一道、一俗，各论其论，各执一端，似难兼容；文超兄以儒为器，以佛为风，舞长蛇剑，乘御风马，叫阵掠杀，出入敌阵友邦，接招拆招，将一盘僵局解套成一次欢聚。这本事何其了得，令小子眼花缭乱。

师兄欲结集出版论道专栏，嘱余作序，吾诚惶诚恐，勉为其难。乃秉烛夜读，凝神思量，意欲窥其玄奥，解其机锋，取其真经。然学识粗浅，竭尽心力方知一二矣。

文超谈艺，言国人艺术鉴赏力低下，人生

乏味，感同身受矣。艺术乃洞开俗世逼仄人生之密栈、养育灵性之活水，然世人偏执物欲，唯利是图，人生日渐枯竭，趣味索然，几成器具矣。因艺入世，切中时弊，直达人心，此乃文超论道所指也。

　　与文超论道谈艺，时有辩议，盖各自入口不一也。文超由俗入道，由道入世，遵从认知规律，无可辩驳。吾则从俗入艺，由艺通灵，灵性起则万物尽。二者殊途同归，终其一乃世事洞见与通达。譬如攀登，路径异而目的同，各从其道，汇聚巅峰。

　　师兄品茶论人，言茶识人，因人异味；初品识茶味，再品无茶，三品无味无茶，茶由心生矣！此乃达人茶道。

　　文超勤学精进，投身报业数十载，虽洞悉纸媒之江河日下，然痴心不改，挑灯夜读，殚精竭虑，几近目盲。吾则疏于读书，不求甚解，美其名曰"三分读书七分思量"。比之师兄，汗颜矣！

　　就此打住。

2015年3月24日于深圳

CONTENTS
目 录

曹溪源流 001
　　六祖不是思想家 003
　　不思善不思恶，思什么 006
　　理入与行入 009
　　说与不说 012
　　谦下，接上地气 015
　　尊上，亲近智者 018
　　不上不下，灵性做主 022

不离一心 025
　　中华心法 027
　　骨气和底气从何而来 030
　　有一种心境叫忙着清闲 033
　　听声 知音 观音 037
　　识大体 不失态 041
　　体态既失，难言大用 044
　　深入了解你的内心 047
　　任性与率性 050

道法自然 053
　　顺其自然怎么顺 055
　　顺其自然与享受自然 058

享受自然与糟蹋自然	061
生态文明是自然之道	064
人类只是一个类别	067
把月亮当太阳	070
吾道不争	073

至茶至味　077

人品茶　茶品人	079
功夫在前茶在后	082
真正的好味道是无味之味叫淡味	089
一入陈茶深似海	094
茶之为药	099
三打一出汗，茶气使然	105
寻访利休，寻回失落的精神	109
闻香	112
品茶、品红酒与欣赏歌剧	116
与儿子一起品茶	120

智慧人生　123

知生与知死	125
这位老太太走得很光彩	128
生命无常　善自珍重	131
鹅湖之会与读书之法	134
缘事析理，不当知识搬运工	138
最大的用处，就是没有用处	142

艺术家的靠谱与不靠谱　　146

　　禽流感里的小农基因　　150

　　最难翻越的是执见山　　154

　　提前把腐朽送进殡仪馆　　157

　　我们的世界没有边缘　　160

立定精神　　163

　　七月说鬼　　165

　　你骂吧，我不受　　168

　　立法管道德，小道理能否管住大道理　　171

　　脱敏祛魅 消弭戾气　　176

　　"猪宝宝"现象告诉我们什么　　180

　　喜见"草根"冒长　　183

　　日头落水，乡关何处　　187

　　你遇过多少个我　　192

　　甲午风云 家务风云　　195

　　开言路 启民智　　198

直下担当　　201

　　提振"士"气　　203

　　让自己高贵起来　　206

　　洗洗吃，能否求得心安　　210

　　求真务实，告别差不多先生　　213

　　各有前因莫羡人　　217

　　谁把我们推向火炕　　220

打好这份工　223
走进历史，是为了走出历史　226

返本达元　229

究本溯源 了达实相　231
唤醒觉性基因做个明白人　234
往里看，其实你很强大　237
打开眼界 转识成智　242
慧日升空 天鉴无遗　245
为何不是百年孤寂　248
我在你心中　252
追随内心 HOLD住信仰　255

跋　259

归〇　261

曹溪源流

惠能是中国禅宗第六代祖师。朴实无华、干脆利落的曹溪禅法，全方位进入中国人的生活，深刻影响着一千多年来的中国宗教史、思想史和文化史。

饭后茶余话世缘，忧思哀乐总悠然。任他笔墨心中闹，这里原来好说禅。

禅师、云门宗法脉传承人　冯学成撰并书

六祖不是思想家

六祖惠能大师所讲的智慧,是应无所住而生,并非大脑思议所得,它不在聪明层面,而是深入实相的大智慧显现。

六祖惠能是位思想家,这个提法您认同吗?

近日读到一篇文章,说在伦敦大不列颠国家图书馆广场,矗立着世界十大思想家的塑像,惠能大师位列其中云云。

"教授中的教授"陈寅恪评价惠能:"提出直指人心、见性成佛之旨,一扫僧徒烦琐章句之学,摧陷廓清,发聋振聩!"

惠能是中国禅宗第六代祖师。朴实无华、干脆利落的曹溪禅法,全方位进入中国人的生活,深刻影响着一千多年来的中国宗教史、思想史和文化史。

依我看,惠能不是思想家。

《坛经》记载,惠能的师父教导门人"思量即不中用"。惠能跟师兄弟惠明说法"不思善,不思恶",惠明言下大悟,感叹如人饮水，冷暖自知。惠能还开示："但一切善恶，都莫思量，自然得入清净心体。"如是教法一念平直，消除主客分离对立，超越了意识分别。

可见，惠能的禅法不动直心，没有思与想。本来无一物，何处惹尘埃？

惠能不识字却能解经。有人对此感到奇怪。惠能却认为，诸佛妙理，非关文字。惠能也曾向他师父告白："弟子自心常生智慧。"后面紧跟一句"不离自性"，说明正是清净自性这个本体起作用。

惠能这里所讲的智慧，是应无所住而生，并非大脑思议所得，它不在聪明层面，而是深入实相的大智慧显现。

语言是思想的载体。大脑思维或是思想表达，离不开语言运用，受限于经验逻辑。

莎士比亚说过："没有什么事是好的或坏的，但思想却使其中有所不同。"莎翁这话听起来颇有禅味。

不错，思想形成人的伟大，人的尊严在于思想。就像著名雕塑《思想者》，雕像人物表情痛苦，陷入强烈的思想矛盾，蕴藉着崇高精神。

可是，人睡着时，尊严哪去了？

此时大脑休息，脱离日常时空概念，只是独头意识仍在活跃，有时表现为梦境。醒来睁开眼，人依旧胡思乱想，用习惯思维去判断事物，乐此不疲。

古希腊科学家在泡澡时，灵机一动，发现了浮力定律，这是阿基米德式的"顿悟"。生活中，我们常常不经思考，把事情办得很漂亮。乒乓球高手过招，正手反手，上旋下旋，球一来一往，球手不假思索，法随手出。开车遇上紧急情况，司机会下意识采取应对措施，如果先考虑考虑该怎么办再处置，那可"悲催"了。

禅门有个"吃茶去"的公案。赵州和尚是惠能的第四代传人，他问到访者来过赵州没有，回答"来过"或"没来过"的，都让吃茶去，在一旁想不通的侍者，也让吃茶去。

一经心意便落格局。一念放下，万般自在。"道得也三十棒，道不得也三十棒"，禅门观机逗教，宗风峻烈，统统"吃茶去"。

六祖的圆顿法门，一花开五叶，千百年来接引了无数学人。六祖不是思想家，有偈为证：

兀兀不修善，
腾腾不造恶，
寂寂断见闻，
荡荡心无著。

不思善不思恶，思什么

吾见如是

> 不思议，就是不经心意，灵光一闪，直截了当。

捧读《坛经》，似有所悟。六祖讲得明白：不思善，不思恶，行住坐卧，纯一直心。据此，我认为六祖不是思想家。

于是有学佛的读者诘问：那六祖算什么？

六祖不是思想家，称名六祖。我如是作答。

这位仁兄又设问：不思善、不思恶，那该思什么？

佛说，不可思，不可议，不可思议。这次我请出了老佛爷。

看来还得费点劲，唠叨一下祖师禅。

六祖教法，以无念作为宗旨，所谓"无念为宗"。无念，就是不产生舍弃或贪取的心念，即自心对一切都不执意，不受迷惑，不被束缚。

善与恶，都在两边，与不二法门相悖。六祖开示"无二相"，超越一切差别对立，"无二之性，即是实性"。

但是，"无念"并不是一点心念都没有。六祖说，假如百物不思，没有任何思维活动，那就是死人了。落入虽无善恶，却是虚妄的无记空，这种见解大错特错。

六祖进一步阐明，自性能起念，"真如即是念之体，念即是真如之用"。自我本身具有的佛性，是心念的前提。若能认识这个性体，我们将受用无穷。

《地藏经》云："起心动念，无不是业，无不是罪。"大脑一思索，对外境有念，所念之上就会有偏见，由此产生妄想，就是有为法。《金刚经》讲："一切有为法，如梦幻泡影，如露亦如电。"

人类一思考，上帝就发笑。《圣经》说，夏娃和亚当受蛇的引诱，吃了能使眼睛明亮、可以知道善恶的果子后，被上帝赶出了伊甸园。

中国传统文化的谱系里，上溯儒道源头，"空空如也"、"绝圣弃智"，两家都强调回归本元，推崇不思议，反对用机心。禅宗"剿灭情识"，更是机锋陡峻。

儒家理想中的大同社会，追求"谋闭而不兴"。孔子褒评《诗经》"思无邪"，三百多首诗，纯粹出于天然，是什么就是什么。

《道德经》有言："上德不德，是以有德。"真正的上德，表面看没有任何"德"的样子，其德行实际完全出于天然、淳朴，这样的德才是真正值得推崇的。

庄子讲过一个寓言，"日凿一窍，七日而混沌死"。如果有意加上心机这类小聪明，纯净的本性就会被窒息。

心包太虚，量周沙界。虚空不思议，无不兼容。

一旦习惯思议，宝贵的潜意识资源就无法开发出来，直觉就会变得迟钝，人的本能就会渐次退化。

一经思议，便有思维局限，就会在段落里滞后偏离，纠缠于意识分别，不可避免地失去整体性。

一有思议，大脑就开始算计，是非对错，患得患失，一事当前就可能良知埋没，失去担当。

不思议，可免"机关算尽太聪明，反误了卿卿性命"，不以有涯随无涯则不殆。

不思议，就是活在当下，是其是，非其非。从这点出发，就是一个纯粹的人，一个有道德的人。

不思议，就是不经心意，灵光一闪，直截了当。跳出格局天地宽，奇思妙想不断，创意无限。

思什么？不可思议，就是这个！依教奉行，这个需要连根拔起，需要悬崖撒手的大无畏精神。

理入与行入

言行一致，知行合一，理事一如，是一不是二。理因事生，事因理明，最后，理事圆融，理事无碍，理事双照双穷，成为一个无事人。

友人家中挂一牌匾"知易行难"。"知"是认知学习，"行"是行动经历之意。朋友希望以此激励自己的孩子重视实践，多动手。

取一叶止小儿啼哭，用心良苦。

正知正见，容易识取吗？非常不容易啊！我打趣说，做事虽难，明理也不易，如果讲"知难行易"，又将如何？

知易行难与知难行易，自古诘难，宋明理学家尤为此争论不休。不论知易行难，还是知难行易，都把知行分为"两截"。直到明代中期，心学家王阳明提出知行合一，才算打成一片，把这事摆平。

王门心学，四诀概之："无善无恶心之体，有善有恶意之动，知善知恶是良知，为善去恶是格物。"王阳明强调崇德性、致良知。

"心外无物"，王阳明的心学与禅宗精神

相通。有条密道从王阳明通到六祖，又可以由六祖上溯到印度西天禅宗二十八祖、中国禅宗初祖达摩，直达禅宗二祖阿难、初祖迦叶。

从这条密道，可以入佛知见。灵山法会上，顺着这条密道，佛祖与迦叶以心印心。

归元性无二，方便有多门。万法归宗，当然有其他千千万万条道可以切入，而且道道平等，无有高下。这要说起来，一生一世讲不完，穷说不尽。

"经不可轻传，亦不可以空取。"迦叶、阿难两位尊者，就是《西游记》中，被吴承恩调侃，给了唐僧白本无字真经的佛祖两大弟子。其中，迦叶尊者相传在云南鸡足山华首门持衣入定，等待未来佛下生，继续跟佛学习。

东土有大乘气象。当年达摩祖师遵师谕，从海上丝绸之路来到广州，在西关上九路登岸，留下"西来初地"之名。之后，此地建了西来庵，现称"华林寺"，寺内陈述达摩的生平事迹。达摩堂前挂着赵朴初撰写的一副楹联："无法对人说，将心与汝知。"

达摩后来到南京面见南朝梁武帝，皇帝问道，自己以前所做善事有何功德？达摩回答：皆是人天小果，没有功德。真正的功德是净智妙圆，体自空寂，如是功德，世所罕有。梁武帝不解其意，如聋似哑。话不投机，达摩一苇渡江，北上嵩山面壁九年，终于等来了二祖慧可接其衣钵。

读万卷书，不如行万里路；行万里路，不如贵人指路。据传，达摩只履西归，留下《达摩二入四行观》。达摩祖师告诫学人："入道多途，要而言之，不出两种：一是理入，二是行入。"

"知"和"行"，实际上就是"理入"和"行入"的问题，也就是理和事的融通会解问题。

圣教单传，中国禅宗从达摩祖师开始，单传五代至六祖惠能。惠能在五祖弘忍大师处，接法"理入"之后，隐身猎人队中，"行入"潜修十五载，终成正果，最后大兴法席，把印度佛教彻底中国化。

六祖的家乡在广东新兴县。该县龙山国恩寺是六祖的圆寂地，也是中国人写的唯一佛经——《坛经》的成书地。寺内报恩塔内有禅宗历代祖师的刻像和偈颂，前些年还挖出舍利子，有心人可以前往瞻礼。

巧说千言，不如拙行一寸，到最后，说一句都是多余。

言行一致，知行合一，理事一如，是一不是二。理因事生，事因理明，最后，理事圆融，理事无碍，理事双照双穷，成为一个无事人。

若无闲事在心头，便是人生好时节。

说与不说

吾见如是

> 说法者，无法可说，是名说法。言如来有所说法，即为谤佛；言如来没有说法，那叫断灭。如来智慧，说而不说，不说而说。

有朋友创设了一个慈善基金，专门救治先天性心脏病儿童，成绩斐然。乐善好施能给人带来愉悦心境，此话不虚。日前，我与这帮物质与精神都很富足的善人小聚，感受到他们身上良善的光亮和尊贵的人性，自然是一番随喜赞叹。

朋友有个烦恼：做善事，要不要跟别人说？言下之意是，公开自己做善事，会不会背离为善不欲人知的美德。

说还是不说，现实中又一个哈姆雷特式的难题。

所谓善莫大于隐善，恶莫大于隐恶，我们一直在褒扬做好事不留名。可从现实情况看，公益慈善是一项阳光事业，需要充分吸引民间力量和各种社会资源，汇聚成大爱，在社会上传播温暖和希望。

于是,问题来了:善欲人知还是不欲人知——说还是不说?

生活中有太多类似的是与不是、该与不该的矛盾纠结,这种二元对立的负面情绪往往造成困扰内耗,使我们的内心无法澄明,裹住了前进的脚步。

说与不说,不过是个做人做事的尺度问题。我们常说高调做事、低调做人,做慈善自然应该有急公好义、助人为乐的情怀。众人拾柴火焰高,所以,我们不妨高调宣扬为善最乐,动员更多人参与公益活动,为人造福。只要这个目标不迷,原则不失,有何不能说呢?倘能真正做到任劳任怨、不求回报、默默奉献,这是低调做人,到了这个境地,也就没有什么可说的了。

说与不说,其实也是说话做事的时机掌握问题。不看对象场合、不把握分寸瞎说,古人管这叫失言;当说而不说,是为失人。说与不说,做与不做,在乎一心,讲究的是"契机"二字。

人若能做到崇德向善,送人玫瑰,手有余香,说与不说,都在那里。庄子主张辩不若默。《道德经》里讲,天道无亲,常与善人;夫唯不居,是以不去。

如果是从无私无我、服务大众的精神出发,从事公益慈善,那么事情做完,请把一个"我"字扔掉。既没有能助之我，也没有我所助之人，时时处处清空回零，虽做善事而不生行善的念头，了了不着，自然无话可说。

走出来做慈善挺难，难在需要具备承担社会责任的能力和智慧。做慈善跟人说是错，不跟人说也是错，落在两边都是个错。这个无门关怎么过？

由此，我想起"舍身饲虎"这个佛学典故，释迦佛直言以前为做善事，把自己整个身体都布施出去了。说与不说，在老佛爷那里根本就不是问题。

佛陀说法四十九年，三藏十二部经典，洋洋洒洒。但若人言如来有所说法，即为谤佛；言如来没有说法，那叫断灭。晕！说有，不对；说没有，也不对。总之无有是处。

灵山会上，佛祖拈花，迦叶微笑，众皆不解，唯佛祖与迦叶尊者心心相印。拈花微笑之间，完成了伟大的付托，禅宗由此创立。佛祖宣示："吾有正法眼藏，涅槃妙心，实相无相，微妙法门，不立文字，教外别传，付嘱摩诃迦叶。"

经云：说法者，无法可说，是名说法。言语道断，心行处灭。如来智慧，说而不说，不说而说。

谦下，接上地气

> 人法地，怎么法？大地无言，行的是不言之教，怎么读这部无字天书？

经常会听到朋友感慨：办事难！做人太难！

于是，我想起有个词叫"尊重"，而不叫"尊轻"。重为轻根，人因为自身有重量才获得尊敬。如果大家都尊你敬你，做人应该不会太难；大伙都拥护爱戴你的话，估计事情也不会太难办。

那么，如何自重，从而赢得别人的敬重？

人法地！老子劝导地球人，向脚下的土地学习。

人法地，怎么法？大地无言，行的是不言之教，怎么读这部无字天书？

"地势坤，君子以厚德载物。"《易经》说得明白，大地的气势柔静和顺，我们应当效法大地，增厚美德，容载万物，积善之家必有余庆。

何谓"德"？有点玄。具体到日常生活，

怎样积功累德、建功立业？

谦下！六祖惠能大师说："内心谦下是功，外行于礼是德。"内心谦恭，常行普敬，就是功德。这位出自岭南的大圣人开示："下下人有上上智。"

谦下，要学大地宽厚包容，不计较分别。

大地敦厚，甘处低位，默做支撑，是谦下的模范，万物离不开它的承载和养育。

水往低处流，利万物而不争，处众人之所恶，这就是谦下之德。所以，老子赞叹"上善若水"。

人总爱往高处走，殊不知高高在上远离地气，无益身心。放下身段脚踏实地，接上地气，这是走群众路线。在服务大众过程中，人能增长才干、萌发智慧，还能逐渐自我完善，建立起自己的道德支撑。到那时，众人的"敬重"自然而然到来。

有句俗话叫"找靠山"，对的，因为山厚实稳重，有德行，靠得住。为何不说"找靠人"？因为人容易反复，变异性大，常不靠谱，干脆"求人不如求己"了。

大地不趋利避害、容污纳秽，饶益四方，有大德。社会上某些趋炎附势、拈轻怕重、不敢承担的现象，是小人行径，叫缺德。

要谦下，必须具备超强的消化能力。大地自然无为，又有大作为，能自我澄清净化，吸收、转化有害物质，化腐朽为神奇，生成新利益。

有位哲人说过，世界上最广阔的是海洋，比海洋更广阔的是天空，比天空更广阔的是人的心灵。人的心量无限。若有了谦下心，扩量增容，自会量大、用大、福大。人在默默付出、施惠他人的同时，也在成就自身。

种子有它的种性，能繁衍无限。可是，种子离开大地，就成了焦芽败种。天雨虽广，不润无根之木。我们不妨把自己当作一颗种子，扎根大地，在污浊中汲取养料，生生不息，展现光彩。

六祖大师讲，烦恼即菩提。莲藕植根污泥浊水，却能长出莲花吐露芬芳，可见莲藕莲花、污泥肥料本是一体。对我等凡夫俗子来说，无明烦恼与菩提智慧中间，存在一个转化环节。这"转化"二字，值得下真功夫。

尊上，亲近智者

> 就我个人体会而言，求师有三境界：其一，寻师问道，求之不得，辗转反侧；其二，得遇明师，慧可断臂，程门立雪；其三，自性为师，智慧开启，灵性做主。一路走来，许多智者对我耳提面命，扶掖加持，恩同再造，师恩师德已然融入天地大化中。

冯学成居士日前开示："把念头提起来，把觉照力提起来。"他还让学人参究"提起"本身，谁在"提起"？

冯老师是我十分敬重的智者，四年前他言传身教，勉励我"求福报莫若开智慧"。我当时听了如沐春风，至今依然法喜禅悦。

每年教师节，好多人讲尊师重教。对的，"君子隆师"。我们不能遮师光明，应该大力弘扬师德，以报答师恩。

王国维概括读书三境界，三句宋词道尽读书人心声。就我个人体会而言，求师也有三境界：其一，寻师问道，求之不得，辗转反侧；其二，得遇明师，慧可断臂，程门立雪；其三，自性为师，智慧开启，灵性做主。

艺术家陈丹青时常评说时事，言辞犀利，每每点到七寸上。此君底气从何而来？

近日，读了由木心讲述，根据陈丹青笔录出版的《1989—1994文学回忆录》一书，我有了部分答案。

木心是位智者。20世纪末在美国纽约，陈丹青亲近木心五年，其中的滋养启迪，非局外人所能体味。

何为智者？智者就是善知识，是明白人，是明师，是正直而有德行，能够指引正道的人。《坛经》讲："不能自悟，须求善知识指示方见。"当年，惠能千里迢迢远赴黄梅，目的就是拜谒五祖求法。

明师与名师不是一回事。盛名之下，名师还在知识技能传授的层面；明师则是通达事理的智者，总能给人一个制高点，打开心结，立定精神，此之谓人生导师。

在中国家喻户晓的孔明，就是一明师。诸葛先生躬耕南阳已知天下三分，一番《隆中对》，令三顾茅庐的落魄英雄刘备茅塞顿开。

名师众多，明师难觅。智者不显摆，更像个隐者，犹如当年垂钓渭河的姜子牙。

若能亲近智者，是人生大福分，有幸遇上智者，请千万别错过。尊上、虚心、请益，是对待智者应有的态度。正如孔夫子所说："君子食无求饱，居无求安，敏于事而慎于言，就有道而正焉。"

李克强总理少年时代，曾持续近5年时间，每天到国学大师李诚家里听课。后来，总理讲自己悟出了"行大道、民为本、利天下"的道理，恐怕与他少时那段学习经历有关系。

在这点上，提出进化学说的达尔文是个榜样。在剑桥大学求学期间，他结识了以亨斯洛为首的剑桥科学家。亨斯洛经常在家里招待客人，达尔文很快就成为他家的常客。达尔文每天陪老师散步，共同探讨问题，因此在剑桥被称为"与教授一起散步的人"。

当年，梁启超就是在广州的"万木草堂"追随康有为，诚心执礼求教。后来，师徒俩一起干出了一番伟业。

孟子有三乐，其中一乐是"得天下英才而教育之"。《论语》有云："中人以上者，可以语上也。"对于明师而言，他们也在等待因缘，希望有高素质的弟子，继承衣钵，承续大统。这个道理，中外皆然。在柏拉图学园的大门上，赫然写着"不懂几何学者不得入内"。

晋代名士葛洪感叹过："明师之恩，诚为过于天地，重于父母多矣。"回想一路走来，许多智者对我耳提面命，扶掖加持，恩同再造，师恩师德已然融入天地大化中。

子曰："朝闻道，夕死可矣。"但愿有缘人，得遇明师，闻道解脱！

不上不下，灵性做主

吾见如是

> 遵从内心的指示，就是把灵性请出来当家，灵性不沉不浮，能主沉浮。

"我不知道如何给你意见，你得遵从你内心的指示。"爱尔兰诗人希尼在回答如何写诗时这样说。

如何获得"内心的指示"？现已辞世的天才诗人希尼，给世人留下的不只是隽永的诗句。

如果人的精神飘忽不定，情绪喜怒无常，内心就不能安住。内心定不下来就做不了主，就不可能给出正确的指示。换句话说，一旦心神不宁，我们就无法获得内心正确的指引。

当旷达洒脱成了珍稀人格，大众的焦虑便不期而至，面对抑郁症被称为精神病中的感冒这一现实，真不知精神科医生的处方该怎么开。

焦虑抑郁是心病，古语云：心病还须心药医。对治的方法就是精神减负、乐观豁达。谈到潇洒自适的真性情，不禁想起"魏晋风度"，想到了《世说新语》中的"王子猷雪夜访戴"。

话说书圣王羲之的儿子王子猷,某个雪夜从睡梦中醒来,把盏吟诗之际,突然忆念道士戴安道,于是索性连夜乘小船溯江而上。

好不容易在天亮时到达戴家门口,王子猷却毅然转身折返。别人问他为何这样,王子猷答道:"我本是乘兴而行,兴尽则返,为何一定要见戴安道呢?"这就是"访戴不见,兴尽而返"的故事,率性而为,美妙的艺术人生。

人非常容易受外界影响而失去定力,让自己的认识向外部世界看齐。现实中,人们经常过分在意他人对自己的看法,因而左摇右摆,随波逐流。叔本华说得一针见血:我们的虚荣弄假,以及装模作样,都是源于担心别人会怎么说的焦虑。

法国哲学家萨特认为,我们在现实中常常身不由己,这个阻碍就是"他人"的目光,"他人就是地狱"!如果不能正确对待自己,那么你也会是自己的地狱,根本无法为自由的心灵开拓出一片新天地。

中国文化同样非常强调排除外界干扰,精神内守,抱朴守真,如如不动,渐次提升自己的人生境界。

子曰:"古之学者为己,今之学者为人。"君子之学以美其身,非为取悦他人也。明代名士高濂的名言至今仍在传诵:"古之人所以适其适，而不适人之所共适者，为己重也。"这警示我们，人应时常关注自己的内心，千万不能左盼右顾而丢掉自家宝贝，失去本体。悠悠万事，唯此为大。

六祖惠能在悟道后感叹：没料到自己的本性，本来就清净空灵、完美无缺，能够生成万法。人的灵性湛然真常，不上不下、不偏不倚，原本如此，一切现成。

灵性做主，可以做到准确无误、恰到好处，让我们拥有智慧人生。就像昔日虚云老和尚对南怀瑾居士说："以后，我们各走各的。"老和尚告诫学人：以自性为师，走自己的路。

《中庸》开篇第一句：天命之谓性，率性之谓道，修道之谓教。人顺着自己的本性行事，就合乎"道"了。相反，心潮起伏，忽上忽下，就是背道而驰，不可能开启性灵。遵从内心的指示，就是把灵性请出来当家，灵性不沉不浮，能主沉浮。

灵性在哪？怎么请？

向上一着，当下便是！

求離一心

儒、释、道三家是中国传统文化的源头，三家讲天讲地讲良心，都讲心。回溯来时的路，心的最初始状态，是赤子之心，是我们的本元真心。在这里独照心源，应了中医的一句话：心为君子之官，心不受邪。

文化学者　增仁书

中华心法

"人心惟危,道心惟微,惟精惟一,允执厥中",这十六个字高妙玄奥,被视为中华心法。

"经常洗心,不使染尘",是深圳街头地铁工地围墙的一则公益广告。"心"指人的精神世界,这八个字将"心"喻为衣服,读来有神秀大师诗偈"身是菩提树,心如明镜台,时时勤拂拭,勿使惹尘埃"的味道。

心会染尘又可以擦洗干净,在这里心既抽象又具象,既了不可得又真真切切,就看你如何理解把握了。

在中国文化语境中,"心"是个高频词,有无数别名。古人认为心主神明,还以心为思维器官,演变下来,心便成了大脑和思想的代名词。

人形形色色,心变化莫测。心在,梦就在。梦想成就世界,世界呈现多样性,对立统一。

联合国教科文组织总部大楼前有块石碑,

碑上用多种文字镌刻一句话，给前来访问的习近平主席留下深刻印象，这句话是："战争起源于人之思想，故务须于人之思想中筑起保卫和平之屏障。"

习主席后来评价说，这句话讲得很有道理。思想纷争无法统一，最终只能诉诸武力。武力的最高形态便是战争，可见战争起源于人之思想。息争止纷必须从心出发，由心入手，找准思想根源，从根本处着手治理，罪从心起将心忏，心若灭时罪亦亡。

当代人面临着许多突出的难题，中国优秀传统文化蕴含着大智慧，其丰富的哲学思想、人文精神、教化思想、道德理念等，可为人们认识和改造世界提供诸多有益启迪，为治国理政提供有益启示，也可为道德建设提供有益启发。

"人心是最大的政治。"习主席在不同场合多次讲到"心"，他致信孔子学院时，曾写道，要"推动人民心与心的交流，共同创造人类更加美好的明天"。

"人心惟危，道心惟微，惟精惟一，允执厥中"，这十六字高妙玄奥，被视为中华心法。

应观法界性，一切唯心造。明代大儒王阳明说："夫圣人之学，心学也。"三千大千世界不外乎一心，讲心，可谓讲到了根本。

如何进行"心与心的交流"？

如果各执己见，显然难以进行有效地沟通。若彼此拿出真心诚意，就会人同此心，心同此理。大家完全可以存异求同，寻求共同点，引起共鸣。心与心的交流，如能做到以心传心，交流就无障碍，信息就不会衰耗和歪曲，就可以达到默契。

"我和你，心连心，同住地球村。"大家一同生活在这个世界，你中有我，我中有你，我从未离开你，你本在我心中。

回溯来时的路，在心的最初始状态，是赤子之心，是我们的本元真心。在这里独照心源，应了中医的一句话：心为君子之官，心不受邪。

骨气和底气从何而来

<small>吾见如是</small>

> 光讲心不讲金,人会饿死。这个金,必须沉下心来,到人际大潮里淘,在红尘白浪中修炼出金刚不坏身。

"增强做中国人的骨气和底气",这是习近平主席的原话,掷地有声。

骨气和底气能反映出一个人的自尊与自信。中国人的骨气和底气,又能表现出对传统文化的自信。增强做中国人的骨气和底气,需要强化对中华文化的认同感。

中华文化是中华民族安身立命的精神家园。中国人的人格形成,中华民族的繁衍生息,离不开中华文化的哺育。腹有诗书,其气自华。一个人学养足够,肚里有料,自然气度不凡。

信为道源。对优秀传统文化的认可信奉,是我们汲取文化滋养的前提。有了这种文化自信,才谈得上对传统文化的弘扬发展。

做人的骨气和底气与人的自信心密切相关,说到底是个定力问题。人有了自信,才可能有定力，有风骨情怀，不容易摇摆。要文化自信，首先文化人必须自信。文化人自重自尊，在风云变幻的时刻才能立定精神，文艺方能避免沦为市场和权力的奴隶。奴隶没有尊严可言，更谈不上骨气和底气。

光讲心不讲金，人会饿死。这个金，必须沉下心来，到人际大潮里去淘，在红尘白浪中修炼出金刚不坏身。背离市场，脱离群众，就成了无根之木、无源之水，文化人就会变成游魂，游荡晃悠，根本谈不上骨气和底气。

具足信心，不断实践，随着理事逐渐明了，底气和定力渐渐增强，智慧便能依次开启，智慧增长又促进定力提升。当前世界文化激荡奔腾，沉淀传承了几千年的中华优秀传统文化，可以帮我们醒脑，获取自信和智慧。

定力来自哪里？佛家说，戒生定。在现实生活中，戒可以理解成做人的规矩，戒除酒色财气，确实可以加强我们的定力，增强做人的骨气和底气。问题是，君能持否？

泱泱大中华，自古有独特的精神魅力，蕴含着博大精深的文化资源。中华民族的伟大复兴，要在现代化进程中实现，现代化呼唤时代精神。激活传统文化的优秀基因，从深厚的文化积淀中铸就民族新精神，为现代化提供坚实支撑，这是我们的历史使命。

弘扬传统文化，增强国家软实力，是件大

好事，但不能空口说白话。如果内心苍白，历史文化荒芜，就不可能把中国故事讲精彩。同样，自顾自说，也无法打动人。比如"上善若水"，讲不清楚的话，听起来就成了一头雾水。

人之为人，以其有人性。人性是普适的，人心彼此相通。我们完全能够把跨越时空、超越国度、富有恒久魅力的中国文化精神弘扬起来，在世界民族之林展现我们的底气和骨气，赢得世人的尊重。

骨气与底气是内在的，由诸多因素内化而成，再由内而外散发出来。有了骨气与底气，就有了神圣不可侵犯的尊严，这个尊严，会从内心深处油然而生。

有一种心境叫忙着清闲

忙着清闲,就是保持并守护这种清闲的状态,功夫成片,不让其他世俗杂染侵扰玷污。就算忙碌也是清闲,忙闲一体,亦忙亦闲,忙不异闲,忙即是闲。

跟一位朋友闲聊,他告诉我一段特别的感受。

某日,这位仁兄独处消闲,静坐品茗,不知不觉间心如止水,独守心斋,霎时茶我皆无,逍遥物外,这种心态无以名状。

忽然,手机铃响,电话那头传来一声:"在忙啥?"朋友一时茫然,不知如何作答,顺口回了一句"忙着清闲"。

呵呵,忙着清闲,乍听起来有点拗,但这句无心之语,恰恰契合友人彼时的心境,令人击案叫绝。

妙就妙在一个"忙"字。这个"忙"可不是人文概念中的"忙碌",勉强可理解为"持"、"常"之意,是呵护的意思。忙着清闲,就是保持并守护这种清闲的状态,功夫成片，不让其他世俗杂染侵扰玷污。就算忙碌也是清闲，忙闲一体，亦忙亦闲，忙不异闲，忙即是闲。

朋友当时的那种状态可以印证老庄的某些哲学思想，也可以借用佛学理论加以解析，清清净净一念不生，便得其中三昧。但是，正所谓做件好事并不难，难的是一辈子做好事。佛教特别讲究都摄六根、净念相继，否则就是一秒钟的佛，一念迷茫又成众生了。所以要守护清净状态就要时刻保持心不散乱、功夫成片——忙着清闲。

清闲是一种闲散舒适的心境，也是一种生活态度，是身闲心也闲，身虽忙心仍是闲。清闲更是一种能力，举重若轻，如如不动，不但不耽误事，办起事情还效率超高，非同一般。

文武之道一张一弛，休息好了才可持续工作好，这个科学发展的硬道理很是浅显，可是说起来容易，做起来还真难。在此试拆解"休息"二字：人木成休，自心是息。也就是说，人如草木，自心息灭，即为休息。如此，我们能明白怎样才算真正的休息。如果说人的身体歇下来了，但心念识浪不息，乱生心瞎操心，即是背道而驰，离休息的真意相去甚远。

按理说，社会越来越趋向物质文明，人类的心理应该越健康，精神世界应益发强大。可是，现在的都市人心理问题丛生，精神疾病多发。全国人大常委会三审《精神卫生法》草案，即是一证。草案规定：各级政府应该加强人民群众的心理健康，促进精神障碍预防工作，提高公众心理健康水平。

《内经》有句话：恬淡虚无，真气从之，精神内守，病安从来？如果整天胡思乱想，轻举妄动，无事生非，不患上精神病，恐怕也容易被精神病。

早在2009年年初，广东就率先试点国民旅游休闲计划，期望让旅游休闲真正融入群众日常生活。随后多个省市先后宣布制定或启动全民休闲计划。专家表示：全民休闲最重要的就是培养全民的健康休闲意识，中国人必须要适度"慢"下来，特别注意身心休养，提高生活和生命质量。

专家解释道，休息不足直接导致国人身心疲惫，长此以往容易引发焦虑、抑郁、高血压等诸多健康问题。因此，国民休闲调养生息，不但利国利民，还可以让人力资源得到更加有效的利用。

祥和平静之境温暖人心，可以消解负面情绪。让我们多一分静气不折腾，多一分朴素不浮夸，多一分淡雅不嚣张，大家都清闲豁达，心安理得，社会和谐可期。

每临大事有静气，不信今时无古贤。俗话说，一动不如一静。处在当下的烦躁时代，我们要学会休养身心，万万不能失去享受清闲的能力。

行文至此，我亦该洗洗睡了。

有诗为证：

人人尽说清闲好，

谁肯逢闲闲此身？

不是逢闲闲不得，

清闲岂是等闲人！

听声 知音 观音

听声用耳，闻声知意；知音得有悟性，相知如己；观音就是般若大智慧。

二胡皇后闵慧芬病逝，享年69岁。对这位传奇人物离去，我感怀不已。

俗话说，清心弦吐血箫。可是拉弦的闵慧芬却30多岁就罹患癌症，还做过几次大手术。

10年前某一天，得知闵慧芬领衔在广州举办民乐演奏会，我带着疑惑，相约几位朋友专程驱车前往欣赏演出。

当晚，有位琵琶演奏家倾情弹奏《十面埋伏》，一阵疾风骤雨般的琴声响起，又戛然停歇，琴师呆在台上不知所措。过了一会儿，闵慧芬笑吟吟地出来圆场说，琵琶弦断了，现场有知音。等到闵慧芬表演二胡独奏时，我的心揪了一下。

走出星海音乐厅，我跟同伴说知道闵慧芬为何得癌症了。询问之下，当时大家都说觉得胸口堵，笑言我是闵的知音。

据报道，某次闵慧芬在国外纵情投入录制

民乐《江河水》，以致情感半天拔不出来，一曲录罢，竟然泣不成声，浑身颤抖，由此她再也不录制这首曲子了。

后来我知道，著名指挥家小泽征尔就是闵慧芬的知音，听闵演奏《江河水》时，他感动得伏案恸哭，泣不成声。

大概而言，能听出心声的，该算是知音了。

昔日伯牙焚香弹琴，曲犹未终，琴弦断了一根，便判定有人偷听琴；再操琴，商弦中有哀怨之声，又断定子期必遭忧在家。伯牙志在高山，子期听出峨峨兮；伯牙志在流水，子期又听出洋洋兮。伯牙所念，子期必得之。

"高山流水"玄之又玄，直到有一天我端起茶杯，才感慨听琴犹如品茶，通过一杯茶，就能品出周边茶友的心思，所谓一叶一菩提。知音难觅，难在相知，难在悟性。

老子讲有无相生，音声相和。圣门乐理，入于微妙，恶郑声之乱雅乐的孔子，曾被他的得意门生颜回"抢白"过一回。

话说颜回有次拜见孔子，在屋外听出老师弹琴有幽沉之声，"疑有贪杀之意"，便请问老师怎么回事。孔子如实相告：刚才抚琴，恰巧看见猫抓老鼠，我担心老鼠跑了猫抓不到，这个贪杀之意，便反映在琴声里啦。

中医号脉，能从脉搏里听出生命气息。据

说甲午战争前,一个日本间谍来中国刺探情报,到一处娱乐场所倾听缓慢哀伤的二胡演奏。良久,他说:"完了,这个大国完了。"他从音乐声中看到晚清中国人萎靡不振的精神状态。

锣鼓听声,听话听音。现代人喜欢玩语言艺术,我们无法奢求别人都讲真话,不过声通耳,音通心,任凭人家把话说得多么绕,聪明的听众总能听出话外之意、弦外之音。

听声用耳,闻声知意;知音得有悟性,相知如己;观音就是般若大智慧。

我曾经非常奇怪佛教中有位观音菩萨,自忖为何不是听音菩萨或观色菩萨,声音怎么能观看得出来?后来读《楞严经》才明白,原来一般人的耳根是向外分别声音的,观音菩萨的修行方法则是"反闻闻自性",向内自闻耳根中能闻的闻性,最后耳根圆通,闻所闻尽,尽闻不住,达到智慧大解脱境,大慈大悲闻声救苦。

几年前,《人民日报》前总编辑范敬宜写过一篇题为《要听懂草木的叹息》的文章。文中讲到,盆栽哲学家、韩国人成范永来中国,发现天安门广场的松树"气色不对",他对范敬宜讲:"我听到了松树在'叹息',在'呼号',在'哭泣',必须马上抢救。"范敬宜对此甚感诧异。

没过几天，北京一家报纸刊登的一条"天安门地区更新163株油松"的短讯，令范先生心头一震。短讯说，"近年来，由于广场行道树油松生长立地条件不良，造成油松逐渐衰弱并死亡的现象"。

这就是观世音！是灵性领域的觉知共鸣。

识大体 不失态

态度态度，常态常度，常度常态。

京城水浸令人清楚看到城市发展"重地上、轻地下"必须付出的惨重代价。有评论认为，北京暴雨暴露中国经济发展的软肋：要面子不要里子。

面子与里子、地上与地下，都是矛盾的对立面。要面子不要里子，重地上轻地下，执一端而不顾整体，显然是一种病态，必定要出问题。

一阴一阳谓之道。道家认为，自然界的道体清静无为，这个无为道体又是无所不为，派生分解出阴阳等对立成分，但它们处于和谐共生的状态。这种统一体里面有各种矛盾对立，但整体协调有序。

面子以及地面上的东西看得见，确实很重要。但看不见的东西并非不存在，千万不可忽视里子与地下这些看不见的东西。千里之堤溃于蝼蚁之穴，看不见的东西往往决定着事情的成败，阴沟里会翻船。识大体才能够关注细节，不留盲区，不存死角。

国人爱面子，面子好搞，里子难弄。就像人的衣着打扮是面子，是外在美，而文化道德修养是里子，真正的美是从里子发散出来的。里子和面子都需要发展，不可偏废，忽略任何一方都会失体，都属不智。

人体各个器官组织相互依存配合，身体因而有了大功用。手脚于人体而言都很重要，但手脚一旦离开了身体，就成了残肢。人走路，迈完左脚迈右脚，左脚否定右脚，右脚再否定左脚，左右脚相互不断否定之否定，我们才能保持行进的态势。

人能吃能喝，当然很好。但如果代谢出了问题，毒素不能排出体外，那麻烦可就大了，能进能出对健康体态来说，重要性不言而喻。从中医角度讲，人体阴阳不平衡就有病，有病也就说明体态出现问题。一旦失体，就是病，就会失去作用力。

学过几何的人知道，点点成线，线线成面，面面成体。一个"体"里面有无数点、线、面，点、线、面都被体态所囊括。一旦生成了稳定体态，就是整体的作用力。过分强调某一点，都会失之偏颇，造成多头对立，伤及整体。不识大体就容易失态，体态一失，支离破碎，后果堪虞。

人会有上下高低分别，人往高处走是人

性。有高就有低，人都挤在高处，社会就会失衡。水往低处流是天理，如果水往高处流，那就泛滥了，人们会筑起堤坝规范水的流向。

长江、黄河各流各的水，可是一旦汇入大海被兼容之后，海洋里就有了河水的成分，但长江水、黄河水再无法坚持各自原有的个性，而是融入海洋的体态里面，波澜壮阔、湛蓝的海面绝不可能专门有一条浑黄的黄河水道。

大海不择细流，低态涵容，衔接万维。各种元素的水注入后，经过生克制化，大海形成了一种整体的恒常状态，这个状态非同寻常，作用非凡，深刻影响着地球人的生命状态。大海浩瀚体态可渡万吨巨轮，巨轮驶过又不伤大海的博大体态。态度态度，常态常度，常度常态。

对立统一是自然界的普遍规律。人生不能总在矛盾冲突中纠缠不休地虚耗不断，应该设法消除各种各样的二元对立，壮大自己的体态。人有了豁达的心态，自然就会从容大度。

你识大体吗？识大体就不失态，体态完整就具备大能，就不难认识这个世界的本来面目。

体态既失，难言大用

> 吾见如是

体、相、用三者，在方法论上强调整体观，说成大白话就是：状态完整，方能在态之上起用。

甲午风云变幻。

甲午战争前，清廷的理论自信表现为"中体西用"。那时候，清王朝不得已向西方学习，施行洋务新政，但对学习西方抱实用主义态度，固守原有体制文化，只在"用"、"末"上下功夫。"师夷长技以制夷"，贯通于整个洋务运动之中。

经历了30多年洋务新政，中国在不寻求政治变革的前提下，经济增长，军力提升，清廷上下进一步增强了对旧有体制的自信。

甲午溃败，国人梦醒。原来，"中学"有中学之体用，"西学"有西学之体用。学习西方，最难的不是器物，不在用，不在末，而在体。用严复的话说就是，"有牛之体则有负重之用，有马之体则有致远之用，未闻以牛为体以马为用者也"。

随着孔孟之道被封建皇权所阉割，正统儒学逐渐失去其整体性。清廷的主流意识形态变得腐朽没落，社会体制顽固保守，这个千疮百孔的"中体"，根本无法起大用。

本体既失，导致"天朝上国"面对新形势进退失据。在列强的坚船利炮面前，"中学"的体用，早已成了明日黄花，不值一提，不堪一用。

1894年6月，时年28岁的孙中山，曾上书李鸿章，指出物质层面的改革不足以胜敌国，结果不被采纳。再后来，孙中山在日本敲响了大清王朝的丧钟。

甲午战败，中国人真正开始睁眼看世界。救亡图存，变法维新，上下同欲，才逐渐融入世界发展的滚滚潮流。

甲午战争之后，革命志士不再囿于"中体"，转而以强敌日本为师，日本成为早期中国革命的策源地。1924年，孙中山先生更提出"以俄为师"，他在给蒋介石的手札中写道："我党今后之革命，非以俄为师，断无成就。"

在东渡留日的中国学生中，涌现出一大批政治家、军事家、实业家和学者。从日本回国的杨匏安，成为第一位在华南地区系统传播马克思主义思想的先驱。同样，在日本接触了社会主义思想的彭湃，回乡烧毁自家田契闹农运,建立起中国第一个苏维埃政权。资产阶级民主革命和无产阶级革命先后在中国获得了成功,当然,革命必然会付出血的代价。

当今,世界正在发生复杂而深刻的变化。和平、发展、合作、共赢是时代的潮流,伴随着这个主旋律,国际社会日益形成你中有我、我中有你的命运共同体。

开放的中国希望与国际接轨,"中体西用"的镜鉴在前,形接神不接,只会使"国际化"成为一句时髦的口号。

同一个世界,同一个梦想。与时代并进,同整个世界一体,才谈得上真正的国际化。

体用不二,性相一如。体、相、用三者,在方法论上强调整体观,说成大白话就是:状态完整,方能在态之上起用。

深入了解你的内心

发现自己内心的方法就是把心歇下来,所谓歇心便是。心态静笃澄明之日,就是智慧启用之时。

近日,听到一位领导这样诠释"幸福":"快乐幸福并不遥远,快乐幸福就在每个人的心中。"

好一个"心"字,将人生快乐幸福这种复杂的情感一语道尽。幸福生活,从心出发,幸福人生,在于一心,幸福就在一念之间。其实,世间万事万物概莫能外,全凭一心而论。离开人的内心感受,幸福无从谈起,一切皆无意义。

心在哪里?

常言道,心猿意马、人心叵测。心念这玩意儿飘忽不定,说它明晰却常模糊,有时真实,有时虚幻,若想把握住它,并不容易。

内心内心,心在内不在外。世界纷繁复杂、斑驳陆离,受其影响牵扯,人心非常容易离开它的本所,向外追逐,狂野奔腾,忽东忽西,随外界变化而四处驰骋。可见,深入了解内心是多么不容易，这是一项实实在在的功夫。我们要找到心的真实所在，绝非易事。一旦发现，必须牢牢守护，不教迷失，免得空转一生。

2012年7月1日，香港特别行政区政府换届。特区政府原第二号高官、政务司司长林瑞麟去职后，前往英国牛津大学修读神学文凭课程，他在接受传媒采访时强调，此举完全是为了深入了解自己的内在信仰。他以过来人的身份说，担任公务，不论在什么职位，最重要的就是要有一个清晰的心智，无论时局多么困难，人心都要把持得定。

有一个清晰的心智，说明内心清醒不含糊。不管外部环境多么恶劣，内心始终都能把持得住，不失它的本体地位。这说来容易做起来难，是很高的境界，非常的了不起。

从现实层面看，林瑞麟远离政坛，真是一退到底；从另一角度说，他选择到牛津去读神学，又是向前迈进了一大步。这位官员的人生指向很明确，他选择忠实地实践自己的信仰，更深入了解自己的内心。

深入了解自己的内心，关乎生命的价值和人生意义。生命有一定的轨迹，生活遵循一定的方向，内心完全可以给我们的行为以指引。深入了解自己的内心，就是设法定住心性，明了自己内在真实爱好和需求，找到自己的核心竞争力，明确目标取向并为之努力奋斗。

如何才能找到自己的内心？

发现自己内心的方法就是把心歇下来，所谓歇心便是。心态静笃澄明之日，就是智慧启用之时，智慧就是解决问题的超强能力。

智慧具足，无事不办，无事可办。

任性与率性

吾见如是

知离知，觉离觉，关上知觉这扇门，另一扇心性大门就会开启。人真能率性，便达随心所欲之大境界。

最近"任性"一词走红，除了"有钱就是任性"，还有各式各样的任性。

据报道，两名非常任性的中国游客在国际航班上撒泼，女的将泡面泼在空姐身上，男的扬言"老子给你飞机都炸掉"，无奈之下飞机返航泰国。

很任性很嚣张的结果是：警察直接登机抓人，两人被处以罚款，又被有关部门纳入个人信用不良记录，丢人现眼。

本是肇事者个人素养缺失惹祸，最终连累带队导游回国后被扣领队证一年。权力相当任性，领队无可奈何。

明代名士张岱说："人无癖不可与之交，以其无深情也；人无疵不可与之交，以其无真气也。"人要有个性，人生难得有真性情的自然流露，人与人相交贵在真诚。

现实生活中，人自由使用私人财产，支配自己的时间，追求个性生活，无可厚非。过多的约束会桎梏人性，陷入泛道德化。

任性则是使性子，放纵自我不加约束，这个性子有关性格、爱好、脾气。在这个突显个性的时代，许多人喜欢彰显自己，由着性子来。

任性执拗的人，都有一个强大的自我，针对这号人，心理学上特别强调情绪管理。

"感觉"和"率性"，是与任性紧密相关的两个词。

美国人本主义心理学家罗杰斯认为，人的体验从感觉开始，我们的行为跟着感觉走是最自然、最正确的。韦政通是台湾知名哲学教授、思想家，他特别推崇罗杰斯的见解。前阵子韦老先生到深圳讲学，据说他活到80岁后终于明白：人应该跟着感觉走。

确实，人对客观事物的体验从感觉开始，感觉是各种复杂心理过程的基础，为知觉、记忆、思维等复杂认识过程提供基本性的原始材料。但有一点不能否认，我们基于自身主观感觉所做出的判断，并不一定是万千事物的客观反映。人的感觉并不完全真实，可能会产生错觉、幻觉，甚至失觉，大脑在此基础上进行逻辑推理，难免得出错误的结论。如果凭着感觉任性，恣意妄为，离悲剧的发生也就不远了。

"云驶月运,舟行岸移",人坐船上,不觉船行,还以为两岸在后移。别人静立,自己乱跑,还说人家在动。境实不迁,惟心妄动。

"跟着感觉走,让它带着我,梦想的事哪里都会有……"歌可以唱得非常美妙,但人仅仅是跟着感觉走,前面也可能遇到绝壁悬崖。

白云舒卷自如,流水随方就圆,云水相当率性。

孔子说,"随心所欲不逾矩"。率性之谓道,这个"率性"是指顺着天性行事,不拘小节,"随心所欲",出于本真。从人格完善角度讲,由心性做指引,率性而为,不受感觉牵扯,符合"道",可以"不逾矩"。

佛家主张,知离知,觉离觉,关上知觉这扇门,另一扇心性大门就会开启。人真能率性,便达随心所欲之大境界,就会出现一片新的天地:不着一物,发自天然。

循法自然

自然,就是自身原本的样子,法尔如是。顺其自然,就是效法天地,不生心。

至茶至味

中国佛教协会副会长　印顺题

顺其自然怎么顺

天地无心，因心有心，奈何以心安之？

一边码字一边听歌，李娜唱的《真情》，其中一段歌词是这样的："太阳不会对禾苗说照耀，雨露不会对禾苗说倾注，春风不会对禾苗说爱抚，土地不会对禾苗说抚育。"

几天前一次茶叙，有位阅历丰富的朋友感叹，若想活得不累，应该顺其自然。此话一出，引来不少争论。

顺其自然，话好说，问题是自然不会张口说话，不像大活人能指路。顺其自然怎么顺？唯心不唯心？自然有心无心？如何理解儒、道所讲的心？

在中国文化语境中，自然更多被表述为天地，强调天人感应，把天地人格化，天地跟人一样也有心。就算天地无心，安也得给它安上一个，比如说梁山好汉，就是要"替天行道"。"为天地立心，为生民立命，为往圣继绝学，为万世开太平。"宋代张载的"横渠四句"，就是儒家的理想人格，巍巍乎，高远凌空。

天地不仁，以万物为刍狗。天地不会情感用事，对万物一视同仁，是为大情。

太阳如如不动，高悬虚空，不需要承托。太阳从东边升起，从西边降落，这是地球自转给人造成的错觉，人说东道西，站在东方说西方，也不过是方便定位而已，对于虚空而言，方向没有意义。地球上的四季更替，是因地球绕太阳公转而有，日出而作，日入而息，是地球人顺应自然的生活方式。

太阳朗照四方，普照万物，没有好心坏心。如果对好人就"积极"多照些，对坏人则"消极"不照或少照点，那就真的"悲催"了。

太阳源源不绝奉献能量给地球，其能量来自燃烧自我，不依他得。太阳自身发光，也不因他光而明。

地球哺育万物。但是，该地震时自地震，海啸该来照样来，地球可不会含糊。

天地，既无心也有心，既有常也无常。天地有道，运行有常。天心是恒常心，不以人的意志为转移；天地无常是因为万物变幻，天地也有生命边界，太阳系就有自己的生命周期。科学家告诉我们，宇宙的生命从奇点开始，以大撕裂作为最后的归宿。

老庄主张无为而治，能够听任自然、顺乎

民情的人应成为帝王。大道不治而治，因而，"道"才是真正的帝王，叫"应帝王"。

天地至公不生心，故有大作为。天覆地载，天地对人类有支配权，天威莫测。在天地之间，在自然因果律面前，我们应该常怀敬畏之心。

人类爱生心，难以企及庄子说的"天地与我并生，万物与我为一"的境界。以凡夫之心度天地之腹，因为我有心，天地也该有，这样的自作多情、自以为是，是真正的主观唯心。

道法自然，太阳不会对禾苗说照耀，土地不会对禾苗说抚育，奉献是庄严的牺牲，沉默是伟大的祝福。

天地无心，因心有心，奈何以心安之？

应帝王无心而任服于自然。自然，就是自身原本的样子，法尔如是。顺其自然，就是效法天地，不生心。

"道无心以合人，人无心以合道。"道体无所不在，自然地合遍于人的身心。人无心于物，超脱境的束缚，才能契合道。中国传统道家学说以及禅宗，都有"无心合道"的主张。

真心即无心，无心就是道，人的真心与道无二。能够显露纯真的本心，即事见理，"方得名为无事人"。

道合人，人合道。苟如此，就是真人，就要向你道喜了。

顺其自然与享受自然

<small>吾见如是</small>

> 自然生万物而没给万物起名字，是人给取了名，然后各自就对与不对、是与不是争论不休。

日前，爬梧桐山，云淡天高，山花烂漫。途遇市人民医院某科室登山队，于是有以下情景对话。

一位医生指着山间杂草，问同行："这是什么草？"

同事回答："这是芦苇。"

另一同伴反驳："不对，山上不长芦苇，芦苇长在水里。"

其中一位拦下我问："这叫什么？"

当时，我顾着登山，还没回过神来，应了一句："这叫自然。"

这个回答让小伙伴们都呆了一小阵子，科主任凑过来反问道："为啥这叫自然？"

"无名天地之始，有名万物之母。自然生万物而没给万物起名字，是人给取了名，然后各自就对与不对、是与不是争论不休。"

一通神侃，把主任逗得心花怒放。他喜不自胜地说："我喜欢户外活动，享受自然生活。"

"那您死了之后呢？"我问。

主任接过话茬："死后尘归尘，土归土，也在自然里面。"

"那您就既没有生，也没有死了。"

听了我这话，主任满脸愕然："为什么？"

"您生在自然，死也在自然，对您本人来说有生有死，但从自然的角度，它可不管您是生是死，不因为您的生死而改变什么，所以对自然界而言，您没有生死。正如您体内某个细胞的代谢，您也不会在意吧？"

"这……"

享受自然，谁在享受？其实，这句话前面省略了主语，至少在人的思想中，是"我"在上，自然为我所用。可见，"我"享受自然，"我"与自然还是隔着一道坎，人与自然是主客体关系，彼此有间隔。

顺其自然，是把"我"字缩小。若把"我"放下了，虚怀若谷，就真活在自然里，与天地合一，与自然同节律，进入"虚室生白，吉祥止止"的境界。庄子管这种境界叫"心斋"。"虚者，心斋也。"

大自然，整体呈现，原原本本，自自然

然。至于"上下彼此"、"是非对错"等诸多概念分别，是人类基于自己的思维意识，对于外界的认识标记，由此构成人们喜好、厌恶等丰富的情感世界。

真正做到顺其自然的人，不会亲亲疏疏、挑三拣四。在现实生活中，即使有不如意，也能一笑了之，不用担心这担心那，避免了焦虑纠结等负面情绪。

"因为无能为力，所以顺其自然；因为心无所恃，所以随遇而安。"这句话大家耳熟能详，但说得还是不到位。其实，不在于有无能力，有无所恃，顺应自然是科学而智慧的生存状态。果能顺其自然，做到凡事尽心尽力，又不强求，尽人事，听天命，就是不求解脱而得解脱。

"纵浪大化中，不喜亦不惧。应尽便须尽，无复独多虑。"陶潜早在东晋年间，就已经活得相当明白了。

享受自然与糟蹋自然

享受自然是一种生活态度,事关生活品质,但一不留神,享受自然也可能变成糟蹋自然。

享受自然是一种生活态度,事关生活品质,但一不留神,享受自然也可能变成糟蹋自然。

深圳有310条河流,最新资料表明,其中173条黑、脏、臭。广东省环保厅不久前公布重污染河流水质情况,深圳7个监控断面,连续3个月有6个属最差的劣五类。劣五类水,即是没有任何用途的废水。

深圳多数河流成了"黑龙江",除了径流小这个先天硬伤外,还源于污水管网建设严重滞后、城市规划缺陷、工业和生活废水直排入河等问题。

河流被称为大地的血管。深圳的血管有病,但肺尚好,在全国74个重点检测城市空气质量排名中,深圳往往能挤进前十。可专家说了,机动车尾气是深圳大气最大的污染源,随着深圳进入300万辆汽车时代，除了担心"汽车堵城"外，深圳未来空气质量不容乐观。

联合国气候峰会召开，中国被赋予遏制全球变暖至关重要的重任。一份权威报告指出，中国目前是世界上最大的碳排放国，排放量超过了美国和欧盟的总和，人均碳排放比全球平均水平高45%。

人们享受来自大自然的纯净空气和甘甜泉水，而大家所厌恶的臭气污水，恰恰又是人"享受"之后的产物。

几天前，我探访一位朋友，她住在深圳湾顶级豪宅红树西岸，开门便见西部通道一桥飞架深港，无敌海湾靓景。她平时不愿到一路之隔的海滨公园散步、骑单车，因为深圳湾散发的臭味，让她闻而却步。

有享受则有不享受，爱恨相伴，来去相因。

人在自然中生活，必然要与自然发生关系。人与自然和谐相处，良性互动，这是一种美好的生活方式。

报告大家一个好消息，联合国相关机构近日发布报告，臭氧层在历经多年消耗之后正在恢复。科学家把这种积极变化归功于各国对某些制冷剂、发泡剂的限制使用，这些东西正是破坏臭氧层的元凶。联合国的报告指出，只要全球行动，人类可以抵制或者延缓生态危机。

某天，我在莲花山行走，看见有人站桩练功，完了还对着树木双手不断开合，原来此君是在练吐纳功夫。"呼出身体浊气，吸进天地精华。"哦，呼吸加上意念就变成了"采气"！

练功师傅也许不明白，身体与自然界的能量交换，是在不经意中完成的。人归化于自然，与自然一体，其大无外，其小无内，如此的体态，哪有什么内外之别？

糟蹋自然必然引发一系列环境问题，自然环境被破坏到一定程度，"享受自然"就成了一句美丽的空话。

环境问题可视作自然的惩罚，我们应该拿出真正的解决办法，避免自身沦为"环境移民"或"环境难民"。解决之道，从根本上说则是返璞归真，回归自然。

生态文明是自然之道

> 吾见如是

> 世间事常常关心则乱，人无常心却带有成见。文明是一个人文概念，为天地立心，只是人的一厢情愿，对生态文明而言，保守是一种美德。

笔者生于20世纪60年代，听惯了战天斗地之类的"豪言壮语"，少不更事，还真以为"与天斗、与地斗、与人斗，其乐无穷"。直到某个时候，语境中出现"生态文明"一词，我觉得很新鲜：难道生态有知，也讲文明？

当下，"生态文明"已是一个热词。面对资源约束趋紧、环境污染严重、生态系统退化的严峻形势，执政党凝聚共识，把生态文明建设放在突出地位，融入经济建设、政治建设、文化建设、社会建设各方面和全过程，"五位一体"，总揽全局。

什么是生态文明？十八大报告讲得很清楚：必须树立尊重自然、顺应自然、保护自然的生态文明理念。由此可见，应该回归自然来谈生态文明，自然是生态文明的出发点和落脚点。

天蓝、地绿、水净是自然的本色。自然本身没所谓文明不文明，自然界原本如此，道法自然。

道，不可须臾离。建设生态文明是自然之道，符合自然规律内在要求。既是自然之道，就应该心怀敬畏，使生态文明内化成我们的价值认知和生活态度，成为日常自觉的行为习惯。

中国的环境哲学一直崇尚自然、天人合一。西方的环境理念演变路径，大致是从理想国到田园城市、花园城市，再发展到生态宜居。生态文明要求我们与自然和谐相处，现实中，人类往往自恃聪明，干下许多违反生态规律的蠢事，最后不得不重返正确的方向。今日的退耕还林、退牧还草，正是对昔日以粮为纲做法的必要修正。

据报道，目前深圳红树林的保护陷入困境，四分之三的红树林已经消失，面积从原来的8000亩降至不足2000亩。为了保护有着巨大生态价值的红树林，有关部门已有动作，采用人工播植红树林。

生态文明是绿色发展之路，推进生态文明建设，端赖于人自身的文明。日前，笔者聆听资深外交家吴建民演讲，他在演讲中强调，要划清文明与野蛮的界限。文明是一种共同的价值，野蛮行径背离文明价值观，是自我隔绝毁灭，必将遭到地球村其他村民的侧目，被现代文明社会所抛弃。

世间事常常关心则乱，因为人有局限性，人性不完美。人无常心却带有成见，自以为是，这样往往会把事情弄反。自然界有完善的生态系统，有内在的运行秩序和规律，自然无心，天地之心乃是大心。文明是一个人文概念，为天地立心，只是人的一厢情愿。

美丽中国是一种诗意生活，必须建基于美丽心灵。欲建设美丽中国，先得重塑美丽人心。人心一坏，面目可憎，美丽终不可得。

人的自然属性是人存在的基础，对生态文明而言，保守是一种美德。在自然面前，请学着低下我们高贵的头颅，放下狂妄，多些谦卑，必须收敛，再克制一些。

天地者，万物之逆旅。人为天地过客，但存方寸地，留与子孙耕。有一块福田，不能忽略，那就是自己的心田，心田即福田，让我们勤奋耕耘吧。

人类只是一个类别

跳出人类自身反观人类，人类也就是自然界的一个类别而已，叫人的类别，是名人类，简称为人。

跳出人类自身反观人类，人类也就是自然界的一个类别而已，叫人的类别，是名人类，简称为人。

前阵子，华北上空阴霾持续不散，空气重度污染，人们真正是"同呼吸共命运"。与大家一同深受其害的还有别的生物种类，无一幸免。同在一片天空下，谁都无法置身其外。

人类为了自身需要，不断改造环境，结果环境反过来又影响人类。人类与他类，总在交互作用，在自然面前，人类需要摆正自身的位置。

人是万物之灵，人无须妄自菲薄。《圣经》上说，上帝赋予人类管理其他动物的权力。但是，人更应自省的是妄自尊大。人类在生存竞争中处于优势，特别要警惕以人类为中心的社会达尔文主义。

《寂静的春天》被称作环保事业的开山之作，讲的是20世纪大规模使用农药控制虫害，以及由此对生态所造成的破坏。该书最核心的观念就是：贴着进步标签的事物，不一定是好的。作者卡森认为，无论我们如何自吹自捧，都无法独立于"它"（自然）：我们只是它的一部分，我们只能生存其间。凡是相反的想法，只能让我们自取毁灭。

时代在变迁，语境在变化，不管是卡森主张的"我们"无法独立于"它"，还是存在主义哲学的"他人即地狱"，我们都应该正确处理好两大矛盾：人类内部矛盾、人类与外部世界的矛盾。即人与人、人类与他类之间的关系。

"他人即地狱"，这句名言有三个层面的意思。首先，如果你不能正确对待他人，那么他人便是你的地狱；其次，如果你不能正确对待他人对你的判断，那么他人的判断就是你的地狱；再次，如果你不能正确对待自己，那么你也是自己的地狱。

现代人焦虑、失衡、不安、猜忌……造成人与人之间互不信任，并进一步演化成人与人、人与自然之间关系的紧张和敌对状态，即使彼此间暂时容忍，也只是出于功利需要。人类文明堕落，人类生存空间出现"孤岛化"，满世界宅男宅女，"他人即地狱"。这就是加拿大作家马特尔的名著《少年派的奇幻漂流》所隐喻的主题。

对于人类个体而言，每个生命都独特而宝贵，必须张扬个性、强调差异、发挥特色。人类本身既互相依赖又相互竞争，同类相聚，合作共赢。如果一味抹黑对手、排除异己、同类相残，就会与外部世界生成对立，导致族群撕裂，纷争不断。所以，人类必须推崇诸如包容、博爱、慈悲等普适的共同价值。

生态学强调生物多样性，共存、共生、共有。佛家讲究众生平等。当前，我们特别需要防范人类私欲膨胀、肆意妄为。

美国纽约市有14名动物警察，动物警察有执法权，专职维护动物权益。而在湖南罗霄山脉的千年鸟道，等待迁徙候鸟的却是大杀戮：混进鸟食的毒药、狰狞的网眼、黑洞洞的枪口。

生物之间存在着复杂的相生相克关系。人类日常的食用来自他类，离开他类，人类自身也活不成。如若认为自然存在的意义，只在于为人类提供便利，那是非常浅薄落后的观念。

人类是处在"大陆"还是"孤岛"，见仁见智。但有一条不能忽视，人必须对自己的行为负责，自性自度。

把月亮当太阳

<small>吾见如是</small>

黑夜和白天只是地球的一体两面，不分黑夜、白天才是地球的一体相。这个没有差别的本质，就是世界的本体。这个本体恒定不变，就叫做道。道无明暗。

月华如水水含月，身影同山山隐身。

这个对子是我中秋夜吟弄的。当时我在深圳银湖赏月，水月双辉，游人与群山共影湖中，四周静谧朦胧，融为一体。

此时，醉心于自然，心上无事，事上无心，没有物我界限。举目所及，既是"水含月"，也是"月含水"；说是"山隐身"，同样"身隐山"。如月在水，如水在月，水月相忘，圆融互摄，无住生心。

此中意境，恰似宋人张于湖的词句："悠然心会，妙处难与君说。"

前些天，我值大夜班。有位朋友闻讯教训我：你这把年纪还熬夜，不要命啦！朋友属于"黑夜给了我黑色的眼睛，我却用它寻找光明"的那一代人，黑白特分明。

我长期上夜班，已经惯于长夜数星星，差一点就没了白天黑夜的作息分别，快把月亮当太阳了。

话说某个月圆之夜凌晨时分，我步出办公楼，翘首夜空：今天的太阳这般明亮柔和，真像月亮一样。霎时飘飘然起来，犹如跳出三界外，不在五行中。

世人为便于表达，使用了明暗的概念，将白天、黑夜两种现象加以区分。其实，它们是互为条件的两个名称而已。黑夜时，白天为因，黑夜是果，白天失去了就是黑夜，正因为有黑夜才有白天。白天、黑夜交替变换，不断轮回生灭。

地球绕太阳自转而产生黑夜和白天，由此可知，黑夜和白天只是地球的一体两面，不分黑夜、白天才是地球的一体相。太阳按自身轨道运行着，不管地球的黑与白。宇宙浩瀚深邃，更是没日没夜。

"白天和黑夜只交替没交换，无法想象对方的世界，我们仍坚持各自等在原地，把彼此站成两个世界。"这是歌星那英唱的《白天不懂夜的黑》中的歌词。许多人习惯将黑与白对立，视作两种不同的境界，跟随某些现象晨昏颠倒。

卞之琳的诗作《断章》写道："你站在桥上看风景，看风景的人在楼上看你。明月装饰了你的窗子，你装饰了别人的梦。"你在看人，别人同时在看你，我中有你，你中有我，互相映照，共成一体。

尼采说过："白昼的光，如何能够了解夜晚黑暗的深度？"白昼的光和夜晚的黑是矛盾的，又相互依存。如果没有黑暗就凸显不了白昼的光明，如果没有了光，黑夜就没有意义。

世间一切事物都是相对而存、互相关联，既对立又统一。一不小心，顺境瞬间变逆境；懂得变通，危可以是机，小人也会是贵人。生活中有太多的考验关卡，需要我们自找活路走出去。

黎明时分，黑夜与白天相融。白天即是黑夜，两者没有本质区别。这个没有差别的本质，就是世界的本体。这个本体恒定不变，就叫做道。道无明暗。

月含水，水含月，都是无心状态。人照镜，镜照人，应是直觉观照。这便是无心的禅境。

千江有水千江月，万里无云万里天。当我们在东半球仰望星空时，西半球的艳阳不曾离开过，我们的心灵照样充满阳光。

吾道不争

杨绛先生那分优雅湛然,背后强大的文化自信和人格力量,与其说是文人风骨,毋宁说是一种大家风范,足为天下式。

"我只是一滴清水,不是肥皂水,不能吹泡泡。"这是杨绛先生的名句。

杨绛是目前中国少有的被尊称为"先生"的女士,夫君钱锺书评价她是"最贤的妻,最才的女"。2012年7月17日,这位著名作家、翻译家刚过101岁生日。

杨绛先生在散文《隐身衣》里写道,"卑微"是人世间的隐身衣,"惟有身处卑微的人,最有机缘看到世态人情的真相,而不是面对观众的艺术表演"。甘愿居于卑微,又不自暴自弃,"是什么料,充什么用",乐在平凡、质朴、自然。

作家章诒和当日发了一条微博,给杨先生贺寿。这条微博引用了杨绛翻译的英国诗人兰德的诗歌《生与死》:我和谁都不争,和谁争我都不屑;我爱大自然,其次就是艺术;我双手烤着生命之火取暖；火萎了，我也准备走了。

原来如此，和谁都不争，这是怎样的一种精神？

因为不争，杨先生深居简出，平和从容。101岁的老人，自称"宅女"，精神爽朗，谈笑风生。

夫唯不争，故天下莫能与之争。除了欣赏、尊敬、祝福，天下恐怕没有几个人会出来跟这位百岁老人叫板争个高低了。

吾道不争。杨绛先生的底气从何而来？

细究其由，不难看出，杨先生的豁达自信来源于其深厚的学养，修养到家，胸臆自平。

不争，并不是懦弱，不争乃为大争。孔子问道老子，老子张大嘴巴伸出舌头，孔子一看就明白了，满口本是坚硬的牙齿已经掉光，软绵绵的舌头还在——柔软胜刚强。

如果认为杨先生只是一介女流，由于畏缩退让才得以保全的话，那就大错特错了。在那段众所周知的荒诞岁月，她大义凛然，敢于挺身而出与造反派奋力抗争，曾令众多须眉汗颜不已。安排她洗厕所，她将厕所刷洗得干干净净，坐在厕所里悠然读书。现在已是百岁高龄的她，照样有惊人的意志和精力，除了整理出版钱锺书先生遗留下的学术手稿，还笔耕不辍。杨绛先生是位仁者，仁者寿，仁者自然无敌。

杨先生在96岁高龄出版《走到人生边上》一书，她思考人生命运，探讨灵魂去向等终极问题，震撼了评论界。须知，这些可是洞彻人生、了知生死的智者才谈得清的话题。人生若被命运的缰绳所缚，沉沦缠绕其中，就不可能活得明白，出不来就是出不来。

不争的反面是纷争。就现实而言，位子之争、名利之争、主义之争、意气之争，凡此等等，不一而足。宝贵的光阴用在争执算计，未曾想过，争来争去就是争不过时间老人，终究是空。

眼下改革已进入深水区，若言改革需要敢为天下先的勇气，需要排除万难的抗争精神，这样的看法没错。同时，我们细想一下也会明白，改革并不是争。当下的改革，着眼点是对以往特定历史时期生成的僵化体制的纠偏归正，落脚点是回归到符合经济发展规律和社会发展规律的正常轨道。从这个意义上说，当代改革就是回归常识，应该是我们每个人的自觉行动。意识到出偏，就该马上归位，当仁不让，本该如此。

人法地，地法天，天地无言不争，不分贤愚贫富普皆覆载，斯为大德。《道德经》末尾一句"圣人之道，为而不争"，值得我们好好揣摩回味。

中道不争，是儒、释、道的共同主张。儒

家讲允执厥中和为贵，佛家讲无诤三昧不二法门，道家讲守中不争无尤，都是一个意思，都在讲和谐，都是科学发展观。中华民族有数千年灿烂文化，为人类的文明做出了伟大贡献，照理我们应该有强大的自信心，只可惜时下人们的价值观模糊摇摆，忽左忽右，导致到处浮躁无序瞎折腾，令人扼腕叹息。

"君子矜而不争，群而不党。"杨绛先生那分优雅湛然，背后强大的文化自信和人格力量，与其说是文人风骨，毋宁说是一种大家风范，足为天下式。

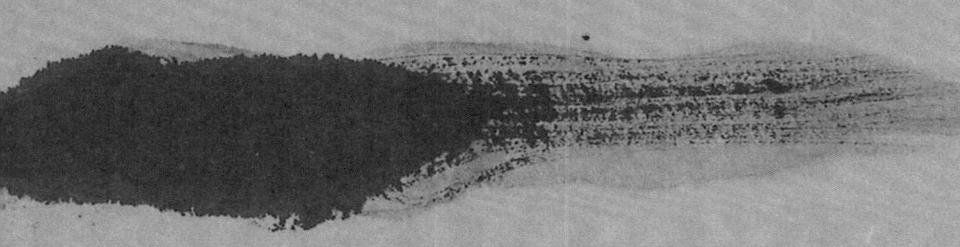

至茶至味

无味之味为至味,味到极处反为淡。深谙茶道的茶人,心中无茶,不品而品,享受美味而不放纵知觉,品出至味而不扬扬自得。"甘天下之淡味,安天下之卑位",因而知足不辱,知止不殆,得以长久。

文超茶友：

大札奉悉，已逾一月，今日迟复，尚望海涵。先生品茶薰瀹，水道行弥深也，远胜吾辈。大作论茶悟道，谈史说文，於看似平淡的行文中浸透深刻茶境哲理，却确为厚积薄发之作，应向更多茶友推荐之。因此，请将仁兄此文的电子文本发给寒舍，向"中国茶文化杂志"推荐之。

顺颂

秋祺

津门茶客侯军 玉光

著名茶文化专家 侯军先生墨函

人品茶 茶品人

　　茶味如何，舌头知道，品与不品，说与不说，茶就在那里，不增不减。如果真正进入茶道禅境，说一句即是多余，贵在心领神会。

　　开写专栏已有一段日子，一直未曾说茶。茶友笑言最好能谈谈茶，加点茶味，布点茶道。

　　想来也是，与茶友喝茶喝对路时，我会乘兴摆一摆，但写专栏还真没有在茶上着过墨。

　　这会儿，我心中无茶，杯中亦无茶，从何说起？

　　不说茶，是因为茶有某种超越性。中国文化史上，茶叶最初是以神奇姿态出现的，"神农尝百草，日遇七十二毒，得茶而解"。后来，茶又被誉为"佛门圣物"，茶事关乎宗教精神生活，自然而然地，饮茶也就被赋予某种独特的神性。

　　唐宋以后，中国茶事由绚烂归于平淡，茶也渐渐进入寻常百姓家。如今，滥觞于中国禅宗的日式茶艺，形式感强烈，茶客们很容易跟着进入某种审美氛围。如果真正进入茶道禅境，说一句即是多余，贵在心领神会。

不说茶，因为喝茶也是一项实践活动。茶不是拿来说的，而是用来喝的，古语叫"吃茶"，现在的茶客喜欢品。有的茶客，动不动爱讲这茶有多少多少年头，值多少多少钱，有多稀罕，听起来像是在做买卖，看上去又像宫女数着珍宝。

一口茶，蕴涵的东西实在太多，如果实证功夫不到家的话，任你怎说都是个门外汉，拾人牙慧话语轻飘，落不到实处。在茶里兜兜转转，就茶论茶那是永远讲不清的。

不少爱茶的朋友，他们能喝出茶味，可一说到茶就舌头打结，无法把真实感受表达出来，开口一说又不是了。其实，这就叫理事不融，功夫没下够，还得继续喝功夫茶，继续下功夫。

不说茶，还因为喝茶十分强调个人体验，讲究悟性。茶叶本身是一种生命载体，茶叶不造作矫情，人却易附庸风雅。在喝茶的过程中，这些茶叶本身和它之外的东西会表露出来，而个体的状况千差万别，如果没有真实体验，就难以在极细微处产生美妙的共鸣，最终极可能心境不一，鸡同鸭讲。

人品茶，茶品人，品茶讲究人茶相应。

大家日常喝茶，其实，何尝不是茶在喝

人？修养到家，自然识得茶味，同样人的心境也会在一杯茶中投射出来。

不说茶，还由于进去不容易，出来更难。喝茶是慢生活，茶水苦涩清冷，不似美酒浓烈高亢，也比不上一般汽水饮料可口诱人。泡茶过程烦琐，生活节奏快的人很难静下心来细细品茶。所以说，一个人要养成喝茶的爱好并不容易，想领悟茶道精神更难。

杯里乾坤大，茶中有真趣，一杯好茶能让人荡气回肠。端起茶杯相对容易，一旦进去了，要想放下杯子可有点难啦。我有一位茶友，喝习惯了茶竟然不喝白开水，多数老茶客都是嘴喝刁了，对茶叶的品质要求越来越高，喝茶能上不能下。类似的情况，就是被茶所困，住在茶里出不来，着相了。

道人视茶为宝物，是因为茶能醒脑助禅思。茶不是终点，茶只是一条路、一座桥，帮助你到达某个地方，到了就该下车。

礼、敬、寂、和……茶的精神气质可列举出很多，拿得起放得下，进得去出得来，方显自在。茶味如何，舌头知道，品与不品，说与不说，茶就在那里，不增不减。

边说边扫，随时归零，这样说茶，您听得进吗？

功夫在前茶在后

吾见如是

功夫茶,既有功夫又有茶,而且是先问功夫后说茶。茶通禅,禅通大千世界,茶性就是这样通达无碍。

某报刘主编思维活跃、才华横溢,也是一位好茶之人。有次我俩喝泡陈年武夷正岩野茶,不知不觉喝高了,以至于息心忘虑,相对缄默,醺醺然几欲乘风归去。后来他对我讲:你也写点东西,说说茶吧。

眼前有茶道不得

眼前有茶道不得,卢仝题诗在上头。唐代诗人卢仝被冠以"茶仙"的头衔,与他写的那首著名的茶诗——《七碗茶歌》有关:"喉吻润、破孤闷、搜枯肠、发轻汗、肌骨清、通仙灵、清风生。"卢仝对茶的领悟达到常人难以企及的境界,是实实在在的实证功夫。

深圳弘法寺方丈印顺擅茶,笔者与他有过多次茶叙,其间禅味重重。日前与同事到弘法寺拜见方丈,大和尚还向我化缘茶叶。大和尚说他曾喝过几泡好茶，笔者都在场。

　　与大和尚的这种善缘，我视为佛缘、茶缘，至今还珍藏着大和尚书赠的"超茗"和"至茶至味"两幅字。

　　经常有朋友见面时，会冷不丁来一句，某个时候在某个地方，与你喝过一泡好茶，至今记忆犹新云云。朋友言之凿凿，境渺渺之愈远，情悠悠而自知，说的人多了，我也就笑笑不上心了。

　　茶能映照出人的心性，同样的茶不同人泡，出来味道各不相同。话说茶圣陆羽，自小由庙里的和尚收养，老和尚有次应召进宫，嗜茶的老和尚在皇宫喝茶，喝来喝去总说不及"羽儿煮的茶"。大惑不解的皇帝暗地里召来陆羽，让陆羽在屏风后煮茶再由他人奉上，老和尚喝后连声说，这才是"羽儿煮的茶"。

　　我说茶会认人，朋友问此话怎解。其实，你得对茶有诚敬之心，"从来佳茗似佳人"，茶叶好比是一位活生生的茶仙子，女为悦己者容，你真心喜欢她、尊重她，自然而然，她就会把最美好的一面展示给你。

　　笔者对茶持开放态度，不偏好某一味。我常跟茶友说，不同的茶，各有各的好，能喝出茶趣就行。

　　笔者曾经跟终南山一位禅师喝过茶，那次喝得可真是通天彻地、深入经藏，个中况味峰回路转，难以尽言，在此只能略过不表。

人走茶凉 相忘于江湖

两年前在一场合，我偶遇深圳普洱茶藏家王先生，他低调寡言但内心明了。在品尝了他存放十多年的易武正山野生古树普洱茶之后，本着交流的心态，笔者直言这泡茶的不足之处。没想到王先生听完蹦出一句："你可以喝我的老茶了。"

第二天，他拿出一饼完整的20世纪50年代的"红印"，据说那饼茶市值十万元。王先生不吭声，只等看我喝完茶的反应。真人面前没有假，好话不讲，茶一入口，我便鸡蛋里挑骨头，不客气地挑出这饼茶的瑕疵。

王先生闻言二话不说，转身又取出一饼20世纪二三十年代的"号子茶"，这饼茶品相完好，明显是藏家收藏的古董级普洱茶饼。

茶艺师小心翼翼地摆弄一番，一杯茶下肚，大家又想听我胡诌。茶客清楚，会品茶是一回事，可要完整表达出对茶的真实感受，又是另一回事。这道茶有很明显的淡味，圆融无碍不挂喉，表明茶已臻化境，可费解的是，舌尖有细微的粗糙开裂感。我示意泡第二道，喝完再说。第二杯依然如此，于是我断定：水有问题。众人回头一看，原来用的是自来水，那台过滤器又不怎么争气。

人走茶凉。那次品完茶，拍拍屁股走人，没有拖泥带水。此后与王先生一直没有联系，相忘于江湖，挺好。

高僧品茗茶 名士能鉴水

高僧品茗茶，名士能鉴水。当年，苏东坡用三峡下游的水充当中峡水，进献给王安石被揭穿，成了一段历史佳话。名士遍游名山大川，搜尽奇峰打草稿，像陆羽这样的方家，自然有资格品评天下名泉了。

水为茶之母，聊茶绕不开要说说水。有一次，笔者在深圳银湖住处后面接了山泉水，和友人一起与梧桐山的泉水做了比较。大家认同两者除了共同的甘活特点外，银湖山的泉水要比梧桐山的泉水清冽。这大概是梧桐山近海，山泉水略有燥硬之感。

《红楼梦》"贾宝玉品茶栊翠庵"一回写道，气质美女妙玉烹制"私房茶"，用的水是梅花上扫的雪所化，而且是由瓷瓮盛着，深埋地下5年。曹雪芹没讲用什么茶叶，但这杯"天泉水"泡出的"体己茶"，味道清淡甘美。宝玉细细吃了，果觉轻浮无比，赏赞不绝。

镇江南泠泉，号称"天下第一泉"。此泉原在扬子江中，极难汲取，据说要在子午二辰，用一定长度的绳子系上特殊的铜瓶，才能汲到这种"盈杯不溢"的真泉水。

山移水改，清代南泠泉登陆。现在的南泠泉，在长江南岸一公园内，离著名的金山寺不远。几年前，我曾慕名前往探寻，发现那个由石栏围着的方池，了无生气，静静地待在那里供人凭吊，说是泉水倒不如说是池水更贴切。看到这般模样，在下顿感诸行无常，实在不可执着。由此，笔者鉴水品茶的追逐心渐渐止息，再难提起，皆因不欲劳神之故也。

茶与酒，走的大致是不同的路，茶性平和，酒偏刚烈。爱喝茶的人常说，多一帮茶客，会少几个酒徒，劝人少喝酒多饮茶。于我而言，喝茶喝酒，悉听尊便。茶仙卢仝喝到第七碗茶时飘飘欲仙，境界十分高妙。酒仙李白斗酒诗百篇，同样很了不起，《将进酒》末尾一句"与尔同销万古愁"，落点在一个"愁"字，可见，酒能助兴亦可解愁。至于酒入愁肠愁更愁，则另当别论了。

喝茶喝出慈悲心

眼下，社会转型导致大众心理起伏不安，淡泊恬然成了稀缺个性，大概是动极思静，人们又开始渴望淡定了。而茶有八德，能消腻去烦除闷，常喝可怡神助文思，使人脱尘笃实。于是，众人目光逐渐指向了茶。君不见，当下茶馆遍地开花，市场茶叶炒成了天价。

鲁迅先生说："有好茶喝，会喝好茶，是

一种'清福'。"此话不假。喝茶也可以培植我们的福德，喝出慈悲心。茶泡久之后味道转淡，环境气氛变化茶跟着变，这些都是正常的事，不可强求。明白这个道理，我们就能做到宽以待人，不求全责备了。

喝茶，表面上看是世俗生活，深一层看，它又包含了文化精神活动。同样，人们还可以把喝茶提升为一种宗教体验。茶通禅，禅通大千世界，茶性就是这样通达无碍。

喝茶讲究品，品味又是个体的生理和心理活动，有身体知觉参与，当然少不了灵性支配。我们常说的"体会"、"体悟"这两个词，都有个"体"字，都离不开我们的身体，也就是说，需要我们去做真实体验，实证参悟。所以品茶高手深知，喝茶能否品出真味，对我们的身体状态和内在修为都有相当高的要求。如果身心不够清净舒畅，心智昏蒙，身体经脉又不通的话，别说品茶的气韵，就算茶的香味喝起来都会大打折扣。

茶性人性 性性相印

喝茶，当然也能练功做功课，知恬交养，性命双修。喝茶的同时可练内家功，练习导引吐纳提肛等。茶为媒，茶又可作为过河之筏，引人入道。

功夫茶，既有功夫又有茶，而且先问功夫

后说茶。中国功夫讲究内在修为，少林武功，禅在前，武在后，称禅武，其理一也。日本茶人推崇圆悟克勤的"茶禅一味"，这句话眼下是茶客们的口头禅。但若是功夫不到家，茶归茶，禅归禅，两者八竿子打不着，茶之真味还是欠奉。

怎么算功夫到家？功到自然成。到那时候，眼界大开，真性现前，性性平等，性性相印。此时，你对茶性、水性、人性、佛性的理解，也就毫不含糊，那光景才真是茶禅一味，佛家叫明心见性。

如何用功？还是赵州从谂说得好：吃茶去！

真正的好味道是无味之味叫淡味

淡味不是无味，而是无味之味，它具备各种味道成分，是酸甜苦辣咸五味俱全、高度融和之后所产生的第六味。它恬淡虚无却又清晰呈现，是入口即化、妙不可言的状态。

刚喝罢友人赠送的雨前特级狮峰龙井，茶汤清亮，啜之淡然，太和之气弥漫，恰似那久违了的淡味。

近期，茶友们茶喝高了，大家靓茶尽出，有陈年宋种单枞、制作精良醇化日久的野生大红袍，也有"号级"和"印级"的普洱茶。这类茶都有一个共同特点：味香不重，一团和气，但能把人喝得上下贯通，脚趾抽动，脊梁骨发热，脑门直冒油。

茶痴们在喝完顶级好茶后，多半是无话可说，做目瞪口呆状。可我还是认为，上述几道靓茶皆非极品，没什么特别了不起，因为还没有喝出真味。于是，我放言，喝过茶，大家各走各路，平平淡淡才是真。

茶友们闻言观色，定神注视了我好一会儿，直到认为确实没有什么了不起。于是茶杯里的风波自然平息，机心也就消停了。

一个"淡"字，有水有火，水火既济。淡非寡，并不是空洞贫乏，里面蕴涵的道道多。淡味不是无味，而是无味之味，它具备各种味道成分，是酸甜苦辣咸五味俱全、高度融和之后所产生的第六味。它恬淡虚无却又清晰呈现，是入口即化、妙不可言的状态。

庄子说："君子之交淡若水，小人之交甘若醴。"可是，水无味，非淡味。叶圣陶的散文《藕与莼菜》提到了这个令人心醉的无味之味。淡味无法言表，勉强可表述为广东人所讲的和味。晋代名士郭璞说："和味养贤，以无化有。"道人常称之为道味、法味、圣味。佛家讲禅悦为食，《大般涅槃经》记载："八功德水之所成熟。其食甘美有六种味，一苦二醋三甘四辛五醎六淡。"天厨妙供，远非地上长的枝枝叶叶所能比拟，经上说，这种美食用来供养如来。

现实中，这种淡味很难得，但不是没有。淡味于特定时间会在不同食物中显现，可以在不经意间捕捉到，水果、汤羹、菜肴都有，尤其是高品质的老茶叶最为明显。我们能够理解的是，一来食物来自天地的造化，同时需要时间的消解转化以及人力的调配；二来食客要有一定的福德支撑，具备高超的品鉴能力。也就是说，淡味是天、地、人三才的奇妙合集。

朋友问，怎么才能品尝到这种"无味之味"？我说很难，追逐不来，但若是机缘成熟，则可以遇之。为无为，事无事，味无味。这种特定情况是身心清净，在无为状态下自然达到的，所谓有道者得，无心者通。这种至真至纯的境界叫超凡脱俗，叫出神入化，难也矣！其可贵之处在于难能，所以叫难能可贵。

究其实，不同的茶各有各的好，只是喝的人感受不一样，茶的表现随人的心境变化而变化而已。这里面的道理深邃奥妙，是唯识学研究的范畴。

资深茶客的舌苔一般都比较薄，口味偏淡，因而味蕾更加敏感，对食物味道产生更强体验。深谙茶道的茶人，心中无茶，不品而品，享受美味而不放纵知觉，品出至味而不扬扬自得。到这境地，自然标杆在胸，明镜高悬。相比之下，那些混吃混喝的所谓"美食家"也就不过尔尔，大可归入小混混之列，难登大雅之堂。

深圳出过一位民间"厨神"，江湖人称"土哥"。他精研"淡味菜"，所做的家常菜往往能吃出食物的本味，被美食家王世襄誉为"神品"。可惜几年前，土哥壮志未竟身故去。

吾见如是

"浓肥辛甘非真味,真味只是淡;神奇卓异非至人,至人只是常",这是《菜根谭》里的话。想来也是,人们日常饮食所需也就是粗茶淡饭,真正做到极致的是广东大妈。她们选用普通食材,通过小火慢煲,转化了食物的不良属性,精心炮制出了人间至味"老火汤"。这种汤水应对岭南气候,下火祛湿,利于消化吸收,大益身心。孩子喝完靓汤后心满意足,会冲着老妈来一句:"嗯,和味。"这种"阿妈靓汤"往往能喝出淡味,是老广们的集体回忆。

无味之味为至味,味到极处反为淡,食物如此,人也一样。有的人内心世界丰盈强大,却淡泊名利,在平凡中活得闲适。这种人不争功不邀宠,不显山不露水,"甘天下之淡味,安天下之卑位",因而知足不辱,知止不殆,得以长久。

附：文艺评论家、茶文化专家侯军点评《真正的好味道是无味之味叫淡味》一文。

文超道兄：

　　大作读罢，满口馨香。当今浮躁之世，有雅静冲融之思如仁兄者，几稀矣！

　　此文妙处，在于点破当今所谓雅士文人之好茶，多如好龙之叶公，所好无非夫似龙而非龙者也！有真境界大境界者，断然无所求于茶，更无须炫耀高雅高贵高价于茶人面前，以掩盖其内心之空虚与浮躁。而淡定怡静如仁兄者，方能于风云中立定精神，轻挥拂尘，杂音遁去，逸兴遄飞，神游方外，此之谓大有之境也！

　　谢谢文超兄为世人奉献一篇醒脑静心之文，此文超诣，于世风或有矫正之功耳！

侯军谨复
2013年8月2日

一入陈茶深似海

吾见如是

浅尝辄止的茶客,在一杯陈茶面前往往找不着北。饮者境界未到,真正遇上陈年茶宝,心境不能相应,恐怕也是"猪八戒吃人参果",不得要领。

陈茶是个宝　知物不知价

日前,有位茶友在茶馆看到惊人一幕,一道老普洱标价10万元。

他回来问我,16克茶,值这个价吗?我答道:我知物不知价,如果是号级的,且能喝出淡味,那就值。你喝的是古董,能说贵吗?

淡味是什么味?一言难尽!大家可能都吃过苹果,请你告诉我,苹果是什么味?就是苹果味。对,但是苹果味是啥味?讲不出。

兰芽雀舌今之贵,凤饼龙团古所珍。北宋建州"北苑"龙凤团茶已成历史记忆,对这种印有龙、凤花纹的贡茶,今之茶人可以通过吟诵诗句"活泉煮龙团"来发发幽情。

普洱金瓜贡茶,是现存陈年普洱茶中的绝品,被誉为"普洱茶太上皇"。这种茶是清代云南普洱茶区进贡朝廷的,据说北京故宫博物院存有一沱，已有一百多年的历史。我看过一个资料说，20世纪50年代经济困难时期，故宫工作人员曾整理普洱贡茶，喝过"雍正金瓜贡茶"的人回忆，这种茶口感没太特别，很"淡"。

岩茶讲究"隔年陈"

台湾散文家林清玄在《沉香三盏》一文中，讲到沉香陈年冻顶。他说，经过多年醇化，火气早已褪去，乌龙的甘香已经蕴藏起来，只剩下拙味。

林清玄用一个"拙"字来形容陈茶。

武夷山茶农建房有个传统习俗，在安放中脊横梁时，要在横梁正中悬挂一包茶叶。这包茶叶只能等拆房子时才取下，叫"悬梁老茶"。一般的悬梁老茶都有几十以至百把年的历史，有的老茶已经霉变。我试过品质好的悬梁老茶，口味与近百年历史的"号级"老普洱一样，都是饱满的淡味，大盈若冲。

我喜欢陈茶的厚重，就我个人体会，陈茶具有暖胃清胀、除脂轻身等功效。知道我爱喝陈茶，武夷山茶农朋友游先生精选正岩陈茶茶末，压制了一些茶饼送我。其中一饼有段字："茶陈三年是药，陈十年是灵丹妙药，陈二十年以上的就是宝了。"

"雨前虽好但嫌新，火气未除莫接唇。藏得深红三倍价，家家卖弄隔年陈。"清初的这首《闽茶曲》，道出焙火后的岩茶需要陈化的特性。刚过火的茶，香气给火压住出不来，茶味焦燥，需要时间陈放转化，这就是传统岩茶讲究的"隔年陈"。

"百钟茶"几近绝迹

2006年，武夷岩茶制作技艺列入国家首批非物质文化遗产名录。岩茶传统制作技艺复杂，有十多道工序，精髓在"火工"。

越是品质好的岩茶越能吃火，考究的要反复焙上六七重火以上。历史上，武夷茶农看青做青，将茶青初制成毛茶，茶商再收购过来，看茶做茶，继续焙火精制。极端情况，制茶大师傅会根据茶叶在烘焙过程出现的变化，一道茶反复焙火，合共耗时几近一百个钟头。这种"百钟茶"，质量上乘，是武夷岩茶登峰造极之作，饮者可遇不可求。

当下武夷山还有少数"固执"的茶人，他们遵循古法制茶。但是，不用传统炭火焙，改用电焗炉烤的茶厂也有。红茶的鼻祖武夷正山小种，目前已少见传统松熏做法。长此下去，岩茶传统制作工艺的传承，将成为一个问题。

十几年前，茶叶市场开始出现"清香型"的安溪乌龙茶，焙火很轻。慢慢地，我喝出茶之外的味道。于是赶紧下手，积攒了一批传统做法的武夷岩茶。当时是想存下来供养善知识，也给家中长辈喝。这些茶现在引来茶友的羡慕嫉妒恨，我也乐得跟大家分享，众乐乐。

七八年前，我在茶友处品到一道陈年大红袍。这茶一团和气，茶刚入嘴，我便脱口而出：禅茶！后来了解到，此茶制于1969年，是武夷山制茶世家黄老先生采摘名枞，按古法精制作为礼品的，因为没有送出就放在自家阁楼里了。其后，我寻寻觅觅，在黄家后人黄承郁女士处购入三两，视作奇珍。这道茶我敬奉王绍藩先生喝过，后来这道茶又有了不少故事。

嗜爱陈茶走上不归路

武夷岩茶具有独特岩韵，加之老茶树的枞韵以及植被丰富造就的花香野趣，此三味，为岩茶魂魄，非下过功夫者难入其堂奥，勉强表述为"岩骨花香"，或通俗称为"地土香"。

焙足火的岩茶以果香及奶油香为上。陈茶的汤水更加醇厚、顺滑，出现果酸味，茶的香气也会随着陈放时间缓慢变化。一般而言，八年以上的岩茶会出现诱人的陈香味，依次呈现荷叶香、枣香，乃至药香，最后韵味火香皆内敛转化，变得平和冲淡。浅尝辄止的茶客，在一杯陈茶面前往往找不着北。

足火岩茶外观黑褐起白霜，可以在干燥、避光、无异味的条件下密封长期保存，不会返青。冲泡时，茶底油润，茶汤出现宝色，有活性。保管不善而受潮的茶叶，不应入口，这种茶受到微生物污染，可能含有极强的致癌物质，这一点必须提醒茶痴们注意。

陈茶虽好茶难求，一般茶客莫追逐。陈茶喝一泡少一泡，时下的老茶宝皆为私藏，好东西都在藏家手里，市面上很少流通。再者，饮者境界未到，真正遇上陈年茶宝，心境不能相应，恐怕也是"猪八戒吃人参果"，不得要领。

茶人明白，喝茶喝上不归路，指的就是嗜爱陈茶者。这是戏言也是真语。对一般茶客而言，遇上机会，蹭上一杯，沾沾口福，足矣。

一入陈茶深似海，从此茶客是痴客。

茶之为药

天地有正气,杂然赋流形。茶叶生长,秉天地之灵气。喝茶理气,双向调节机体代谢,扶正祛邪,达到治病强身的目的。

喝泡老绿茶,暑气不见了

有位同事体检检出高血脂,医生嘱咐多喝茶。他坚持一年喝下来,指标还真恢复正常了。

有人对此提出异议,认为茶就是一种饮料,不喝茶身体也好好的,有了病该吃药,茶当药使,有点玄乎。

茶是保健饮料,茶也有药用功能,常饮祛病强身,延年益寿。这在我看来,没有问题,毋庸置疑。

"茶之为饮,发乎神农氏,闻于鲁周公。"茶最初是以药的面目出现的,中国自古就有"以茶治病"的历史。其实,不光是茶,好多植物都有药用功能,中草药就是这么来的。

植物黄花蒿有截疟之功,民间常用来治疟

疾。我国科学家从黄花蒿中提取出青蒿素，现在，青蒿素类药物获世界公认，成为治疗脑型疟疾和恶性疟疾的首选药物。

科学家告诉我们，绿茶能消除有害自由基，可以抗氧化、抗衰老、抗辐射、抑制癌细胞。常喝绿茶，好处多多。

深圳市高级中学前任校长佘国治，20世纪90年代建校时，大热天在工地中暑。客属工头见状，送了泡家乡老绿茶，让校长回去煮来喝，果然茶到病除。佘校长自此精研茶艺，写成《茶艺基础与入门》一书，作为本校学生素质教育的教材。

福建福鼎白茶清凉降火，消暑解毒。古人认为"其性寒凉，功同犀角，是治麻疹之圣药"。白茶因具有美容抗皱、降脂减肥的功效，深受女性喜爱。当地民众嫁女儿时，往往用两锡罐陈年白毫银针陪嫁。

苦丁茶，因产自广西万承县苦丁乡而得名。苦丁茶的药用效果非常明显，据权威药典记载及现代临床试验证明，苦丁茶对于降血脂、增加冠状动脉血流量、抗动脉粥样硬化等病症有明显作用。

"一日无茶则滞，三日无茶则病"，历史上，西北各民族依靠饮用黑茶帮助消化肉食。当年左宗棠率湘军征战新疆，将士水土不服。左帅想起了家乡的安化黑茶，上奏实行茶票制度,直接从湖南安化贩运黑茶,作为军需品。

六堡茶扬威南洋锡矿场

六堡茶产自广西梧州,清凉祛暑、益脾消滞。在缺医少药的年代,当地人把六堡茶当作备用良药,以应不时之需,六堡镇的老医生用陈年茶粑加冬蜜治痢疾。上了年纪的南宁人说,过去是在药铺里买六堡茶的。现在,六堡茶因治疗糖尿病和高血压的功效,正在被人们津津乐道。

马来西亚气候炎热潮湿,在当地锡矿工作的矿工经常中暑,易患上风湿病。可是常喝六堡茶的华工却很少得病,于是喝六堡茶流行开来,矿区也在广西进口储备了大量的六堡茶。

20世纪70年代,锡矿区衰落,大批六堡茶被封存,受到冷落。近年随着品饮老普洱之风盛行,这批老六堡茶被挖掘出来,重见天日。人们惊讶地发现,这些茶愈陈愈香,有的还出现金色的点点——上品黑茶才有的"金花"!

林平祥是马来西亚公认的茶人"阿爷"。不久前,我蹭到一泡五六十年代的老六堡,正是这位马来茶王所赠。这道茶茶汤深红光润,虽然与陈年普洱比起来稍显单薄,还有渥堆痕迹,但一样茶气十足,直喝得我大汗淋漓,之后全身毛孔透出丝丝凉意。

陈年武夷茶宝降服剧烈咳嗽

喝茶要有度，长期喝茶更要注重茶叶质量，要选择适合自己体质的品种，并要讲究茶的加工制作方法。新茶存放时间短，含有较多未经氧化的多酚类物质，这些物质会刺激胃肠黏膜，容易诱发胃病。因此胃肠功能较差的人不宜多喝新茶，而且喝茶宜淡不宜浓。

茶叶中的生物碱，能兴奋大脑神经，促使心脏机能亢进。过量饮茶，会使人产生心慌、头晕、四肢乏力等症状，导致"醉茶"。有神经衰弱、心脑血管病的患者，不宜在睡前或空腹时喝茶。

我爱喝烤足火的乌龙茶。一方面，火能转化茶性阴寒的一面，致中和；再者，焙足火的茶，可以陈放，陈放的过程，与茶互动，感受茶的变化，好玩。

武夷山九龙窠母树大红袍的传说很多，总括一点就是，寺僧采制为茶，能治百病，然后衍生出许多美丽的故事。

我也有个关于大红袍的故事。2011年春节，年初三早上，有位老太太向我诉说，初二晚上她突然咳嗽，咳了一整夜，以至于小便都失禁了，通宵未眠。我闻言察色，马上出去买来攸县豆干，取出有40多年历史的大红袍茶宝，加上几片姜，煲成姜茶红糖汤，让她趁热喝下去。之后老太太又喝了一碗米汤，盖上被子睡着了。

老太太中午醒来，已基本不咳了。到下午，她在电话里激动地告诉我，咳嗽好啦！

喝对茶能安神助眠

天地有正气，杂然赋流形。茶叶生长，秉天地之灵气。喝茶理气，双向调节机体代谢，扶正祛邪，达到治病强身的目的。

喝茶之后产生的打嗝、排屁、流泪等生理反应，就是身体的排毒反应。中医认为，肝开窍于目，流泪就是肝排毒。茶友经常反映，好茶喝过后眼发胀，继则流泪，之后眼睛明亮，整个人精神爽利。

中医学说，酸入肝，甜入脾，苦入心，辛入肺，咸入肾。武夷岩茶中，雪梅品种喝起来有梅子酸味，醉海棠品种则是苦味明显，等等，诸位从养生角度，可考虑对号入座。

有朋友担心喝了茶，晚上兴奋睡不着。我说不一定，茶既提神又能安神，既引起失眠又能助眠，就看你有没有喝对茶。有的茶对肠胃刺激大，"胃不和，则卧不安"。我经常跟茶友分享陈年武夷岩茶，好多人喝了哈欠连连，马上说犯困想睡觉。从中医角度讲，失眠的原因有多样：阴阳失调，阴虚不能纳阳，或阳虚不入阴，夜难成眠；心神耗用太过，亦难入眠。

吾见如是

茶之为饮,有保健功效,久饮身轻体健。茶之为药,能平衡阴阳,增强人体免疫功能,从而预防疾病。

需要强调一点,茶就是茶,不是灵丹妙药,不能包医百病。病了,还是要看医生。

三打一出汗，茶气使然

茶，"为饮，最宜精行俭德之人"。道行悟性，是对茶人的要求，功夫真到家的话，品出卢仝七碗茶的境界亦非难事。

打嗝、打屁、打哈欠和出汗，是人体的生理反应，一般正常人都有，不足为奇。但是，如果这"三打一出汗"，同一时间同一场合，集中出现在喝同一泡茶的几个人身上，你会怎么看？

话说月前有场中韩足球赛，"80后"足记小何负责报道赛事，晚上7点多，他情绪亢奋，嚷嚷要边看电视边写稿。同是"80后"的摄记小赖是位非典型狗仔队员，当天他大概跟踪某个新闻跑累了，呆坐在沙发上喊饿。还有擅做烟斗的美编木公蒋、夜班老编潮州陈，他们4个正摆着龙门阵。

我一进到员工休息室，茶局便开始了，狗仔赖主持。

第一杯茶刚下肚，潮州陈就情不自禁地叫开了：哇，好热，我出汗了。他唯恐别人不信，还把手伸进后背摸了一把，然后摊开手掌又说：油油的，是黏汗！

紧接着狗仔赖与木公蒋竞相打起嗝来。来了精神的狗仔赖说：哎，奇怪，我现在肚子胀胀的，不觉得饿了。木公蒋动静更大，竟然放起连环屁，也许因经常玩烟斗，习惯通烟道，只见他斜靠着沙发，惬意地摸着肚皮，连声说道：通啦，通啦。

刚刚还生龙活虎的足记何，一泡茶的工夫，已经变得蔫蔫的了，哈欠连连。等到大家把茶喝完，他才缓缓站起，幽幽地说：好困！

以上如是吾见，明明白白，清清楚楚，真真切切。我当时是眼睛发胀脸酥麻，也不时打打小哈欠。

这四位哥们，《晶报》上经常能见到他们的大名。今天讲这段喝茶的小故事，缀上几笔，难保日后不会成为"茶坛掌故"。

这"三打一出汗"，其实就是喝茶喝出的身体反应，是茶气使然，实实在在。说穿了，也就是一个"气"字。

这个茶气，跟当时特定的环境条件密切相连。当然，人对茶气的感受，与各自的身体状况有关，茶气与人体相搏，反应因人而异。

中医讲气，气为血之帅。在茶气发散作用下，人的气血运行自然更加畅旺，加之茶汤的热力催逼，人体会微微出汗，而且出的是油腻的黏汗，是油汗，也就是人体代谢出来的废物，包括皮肤毛孔分泌出的油脂，混合在汗中，这就明证了茶能解脂。所以我坚持说，茶有减肥排毒的功效。

胃中茶气充盈，故言茶能疗饥。由于茶气在体内的推动，人打嗝排浊。至于打哈欠犯困，就是茶喝到位了，身体通透，精神放松，歇心所致。

上等佳茗，口感好之外，喝起来一定会有气感。高手品茶，不重味道讲气韵，讲究体感。

茶，"为饮，最宜精行俭德之人"。道行悟性，是对茶人的要求，功夫真到家的话，品出卢仝七碗茶的境界亦非难事。

说完"三打一出汗"，看官可能有个疑问：喝的是啥？什么茶这么神奇？

也没啥奇特，喝的就是武夷岩茶的一个品种，叫岩乳。2009年市场价每公斤1100元，我用5500元买回5公斤，密封储存。后来，茶缘好的茶友喜欢，就逐渐散了出去，现在罐底可能就剩点茶末。

"三打一出汗"之后不久，我又与木公蒋和潮州陈喝了泡陈年大红袍，这道茶我存放了12个年头。这次直喝得木公蒋喷嚏连连、眼泪汪汪，鼻涕都流了出来。

李指导是深圳足球圈名人，他觉得奇怪，

吾见如是

怎么一泡茶能喝出这么大的动静,叨念着想试喝看看。于是我与另一朋友约李指导开了一次茶局,喝的是20世纪90年代的陈年老枞水仙。结果让李指导没了脾气,他自己数了数,连打8个哈欠,外加眼泪直流。最后他来了句字正腔圆的京话:"真神了!"

寻访利休，寻回失落的精神

日本茶道源于中国祖师禅，日本人使之发扬光大，逐渐成了日本文化和民族精神的代表。吉田松阴曾留下"白骨犹唱大和魂"的诗句。我们也应该好好守护"中华魂"，找回失落的精神。

当下韩剧热播，可是我想跟大家荐影，推荐的是一出日本电影 Ask this of Rikyu。这部影片刚在日本公映，我看的是英文版，片名姑且就叫《寻访利休》。

电影讲述16世纪日本茶道大师千利休的故事。影片熔绘画、插花、陶器、书法、建筑、服饰、茶艺于一炉，加之演员的出色表演，成功还原了日本茶道"和静清寂"的精神仪典，诸多中国传统元素盎然于画面，弥漫着浓郁的唐风宋韵。

"利"为利剑锋芒，"休"为休止敛藏，影片这样演绎利休，吻合"止戈为武"之意，亦暗喻茶道精神最终是放下茶杯，心中无茶，一片祥和。日本一代茶圣千利休因不屈于当权者，最后从容切腹自绝,恰如樱花凋落,异常凄美。

冈仓天心是日本明治时期引领一代风潮的人物,他用英文写成《茶之书》,这本小书为冈仓天心赢得了世界声誉。

冈仓天心拜师学过茶道,对千利休推崇备至。在《茶之书》一书中,他既表达了对茶道始祖陆羽的尊崇,也惋惜元朝摧毁了伟大的唐宋文明,感叹茶之精神在中国的衰落。他没有停留在世俗茶饮层面,着眼茶所包孕的美的艺术世界,揭示出茶道所代表的东洋民族主义精神。

20世纪初,拖着一条小辫子的北大名教授辜鸿铭,同样用英文写下一本书,书名叫《中国人的精神》。这本书试图阐释中国人的精神,展现中国文明的价值。

辜鸿铭认为,近代欧洲最大的不幸是产生了群氓和武力崇拜,而中国人保有世界上最宝贵的财富,那就是中国人温良的品性。

《中国人的精神》一书出版,使辜鸿铭在欧美收获了一大批粉丝,当时,西方人曾流传一句话:到中国可以不看三大殿,不可不看辜鸿铭。

关于中国人的精神,现代大儒梁漱溟曾说,两千多年间,中国人养成了一种社会风尚或民族精神,今已不易得见。这种精神,分析言之,约有两点:一为向上之心强,一为相与之情厚。

据我所知，日本茶道源于中国祖师禅，日本人使之发扬光大，逐渐成了日本文化和民族精神的代表。千利休家族后来更成为日本茶道的象征，其家族传了十七八代，代代都有茶道名师。目前，日本社会上下，谁能喝到千利休后人千玄室亲自点的茶，那可是莫大的荣幸。

日本人对传统文化怀有慎终追远的虔敬之心。在茶事方面，除了到中国天台山国清寺寻宗问祖、顶礼膜拜之外，日本茶人还会每年定期组团到他们心目中的茶道祖庭——浙江余杭径山寺参拜。

礼失求诸野。现在失去的某些礼，怕是只能求诸异域他邦了。国内已有些茶人去日本学习茶道，也有不少日本茶艺师来中国传授宋代点茶技艺。

国学大师陈寅恪说过一段话："华夏民族之文化，历数千载之演进，而造极于赵宋之世。后渐衰微，终必复振。"

日本倒幕维新的教父式人物吉田松阴，曾留下"白骨犹唱大和魂"的诗句。人家对"大和魂"念兹在兹，我们也应该好好守护我们的"中华魂"，找回失落的精神。

吾辈宜奋起而图之。

闻香

> 香气可做佛事,茶有香气,喝茶当然可以做佛事。茶气开窍,喝茶能长智慧,喝出恭敬心、慈悲心、平常心。心佛不二,平常心是道。把茶喝好,许多事情自然也就摆平了。

央视《百家讲坛》栏目,又重讲《唐玄宗与杨贵妃》。

稗官野史记载,杨贵妃体胖怕热,她微微冒出的热汗竟是香的。这一点甚为煞食,令位居九五之尊的皇帝着迷不已。

天生尤物配极品君王,成就了一段千古绝唱。杨贵妃香消玉殒马嵬坡之后,唐明皇明白了梅妃的好,终于发出"水性杨花,梅蕊晚香"的感叹,这是故事里的故事。

金庸大侠非同凡响,他在《书剑恩仇录》中,活生生造出香香公主这一旷世尤物。香香公主因身有异香而得名,她清幽淡雅,异常甜美,颠倒众生。

许多人想跟"土豪"交朋友,大概也没有几个"土豪"不想跟天生尤物交朋友。但是,若想玉成此事，我看至少得有三个前提条件：一得有运气，遇上了；二有福气，红袖添香，香气袭人，消受得起；三是个极品男，鉴赏力超一流，懂得闻"香"。至于这世上有没有尤物，什么是尤物，那就见仁见智了。

早些年看过好莱坞电影《闻香识女人》，奥斯卡影帝阿尔·帕西诺饰演的失明中校，对生活有深刻感悟。中校的听觉和嗅觉异常敏锐，他甚至能靠闻对方的香水味道，识别其身高和头发的颜色。凭着敏锐的感觉，他搭讪上一位陌生女郎，成就了影片中那段传奇的探戈。

闻香识女人，通过闻香，能够辨识女人。若想真正闻出香味的奇妙，得先懂香。如果你还不够时尚，不知道现代经典"香奈儿5号"，不晓得香水的前调、中调、尾调，不知"香水有毒"，那没关系，懂品茶也成。美人如茶，茶仙子淑德芬芳，从茶香切入，同样可以通达妙香。

香气可做佛事，茶有香气，喝茶当然可以做佛事。茶气开窍，喝茶能长智慧，喝出恭敬心、慈悲心、平常心。心佛不二，平常心是道。把茶喝好，许多事情自然也就摆平了。

时下流行玩香。我见过有人将沉香泡在茅台酒里喝，还有朋友把细沉香条插进香烟里吸。这些"奇葩"玩法，真令人眼界大开。

香材香品多种多样，香能祛秽洁室，正心安神，闻香就是通过嗅觉感受令人愉悦舒适的气息。大家都会用鼻子闻香，但是说到品香，境界便有高低了，不同之处在于，你是停留在见闻觉知上，还是六根通利起妙用。

品香，与人的心境涵养有关。若想懂香，先要懂生活。最早的香，就是从生活劳作中出现的。

古人生火烧柴，发现有的木料燃烧后散发出香味，由此有了早期的香。香又逐渐发展到与通神邀灵联系在一起，《尚书·舜典》说，舜帝巡守东方，在泰山燔烧柴木遥祭山川。

两汉时期，熏香风气在士大夫阶层流行开来，"香气养性"的观念在中华文化土壤里开始扎根。中国的香文化鼎盛于宋，生活情趣盎然的宋人最为著名的"两般闲事"，便是焚香、点茶。

延至近代，中华香事日渐式微。眼下的花样男女，狂嚼口香糖者众多，知道"含香"典故者可谓寥寥。古人为使口气清新，"口含鸡舌香"，鸡舌香即丁香。

5年前在台湾，我与旅伴夜间闲逛，走进一家颇具规模的香店，与店主交流香道。我们从香药说到香品，又从"博山炉"论及"宣德炉"。他奇怪"大陆竟然有人懂香"，一时兴起，慨然将他的镇店之宝——一瓶高纯度的天然老山檀香油送给了我。

由于天生禀赋、后天饮食结构以及生活习惯等不同，人们各自有不同的体味。佛教认为，持守善德的人具足"戒香"，此香非世间众香所能相比。香与人的德性有密切关系，有成就的道人，其窍穴会散出淡淡的香气，称为"性香"。

《维摩诘经》讲，香气当属众香国的妙香最为第一，"闻是香气，身意快然，叹未曾有"。

教门有个白骨观的修持方法，通过观想尸骨狼藉不净，破除对色相贪欲的执着，以求证悟空性。

闻香识女人也好，作白骨观也罢，其实男女本一性。灵觉妙性，不分男女，无二无别。

品茶、品红酒与欣赏歌剧

吾见如是

> 品茶、品红酒、欣赏歌剧，都还在知觉及意识的层面，都是有为法。不品而品，直觉和顿悟，是灵性直达，应作如是观。

前几天，我在香港欣赏经典音乐剧《歌剧魅影》，一个香江牛人的名字不期而至：许仕仁。

许仕仁，香港社会公认的"桥王"。

"桥"在粤语中是"点子"之意。许仕仁的谋略和能力出众，曾任香港特区政务司司长。

许仕仁作为生活大师，这一面少见媒体披露，但同样名动香港。据我所知，他对歌剧和红酒有异乎常人的鉴赏力，杠杠的。

对当今世界十大歌剧的不同版本，许仕仁如数家珍，他经常专门打"飞的"，前往百老汇或伦敦西区观赏歌剧，每趟下来花个几十万港元，小菜一碟。

一口红酒入唇，许仕仁能大致断定其具体的产区及年份。朋友告诉我，香港上流社会若有人收到许所发出的赴宴请柬，往往既喜且忧，喜的是可以增长见闻，忧的是担心自己浅薄无知，失礼丢人。

许先生涉猎广泛，闻香识女人的功夫，自然也不在话下。

天赋异禀的许仕仁，品味出众，但他受外物所牵扯，端起酒杯却不知适时放下，流连剧院又不明曲终人散。

由于生活奢华，许的个人财务出现了问题，今天的许仕仁已被囚禁在赤柱监狱。他身为公职人员行为失当，贪腐罪成，被判刑7年半。法官称，许仕仁为维持高尚生活而犯案，令他的历史蒙上阴影。

一言难尽许仕仁！于我而言，享下等福，足矣。

音乐剧是歌剧的现代版，华美庄严的歌剧，往往使观者如痴如醉。这次我看到了英伦艺术家的精彩表演，虽然诸如演员配合、现场音乐效果等也能挑出少许瑕疵，so what？那又怎么样？

又如品茶，卢仝七碗过后，两腋习习清风生，so what？乘此清风欲归去，却道是：蓬莱山，在何处？

再扯扯酒。20世纪80年代，在下曾玩味过鸡尾酒不拘一格的混搭变化，90年代开始，又不断感受到洋酒和陈年白酒的浪漫醇美与悠长绵延。因此，对于品酒，心里有点底，so what？

话说10年前，我曾专门访问了世界红酒之都法国波尔多，与国际红酒界权威、波尔多酒类协会主席做过交流。

波尔多红酒的价格，由当地品酒师根据酒的品质而定。于是，我请教主席先生，如何保证品酒师的权威性？主席告诉我，成为品酒师除了要有高度灵敏的嗅觉、味觉之外，还必须具备三个条件：拥有酒类专业学士文凭；当地五年以上酿酒工作经验；熟悉本地葡萄产区。他告诉我，波尔多地区同一片葡萄园里，隔着一条路，路两边产的葡萄所酿出的酒，味道可能就不一样。

可见，品红酒的过程引入了概念与经验，有一定的程序模式。中国人品茶，则是心中无茶，不带任何成见，但有明镜在胸，你有什么就能照出什么。一番带有东方神秘主义色彩的话，让主席先生啧啧称奇。他对我说：期待你写出一本书，说说品酒与品茶的区别。我当时答应会满足他的愿望，现在大致可以向主席先生交差了。

红酒是舌尖上的歌剧，酒似歌剧，歌剧如酒。品酒被滋味和快感诱惑牵引，百转千回，令人欲罢不能。但是，倘若不知空杯，这满满的一杯，会成为心中的"魅影"。

驱除心魔的方法，其实就在《歌剧魅影》的剧情里面。"魅影"利用人性的弱点作祟捣乱，控制人的思维情感，还通过意识穿插传递，教女主角唱歌，一度俘获了她的芳心，人鬼情未了。最后，众人群起反抗，不听摆布，结果"魅影"遁迹，世界恢复正常。

乙未"魅影"，如梦似幻。品茶、品红酒、欣赏歌剧，都还在知觉及意识的层面，都是有为法。

不品而品，直觉和顿悟，是灵性直达，应作如是观。

与儿子一起品茶

吾见如是

茶禅一味，归根结底，就是喝茶。茶是茶，禅是禅，又非茶非禅，非不茶非不禅，这是另一番光景。

儿子小时候喜甜食饮料，无糖不欢的结果是牙齿长出几个洞，痛起来呼爹唤娘的。

某天带他吃洋快餐，我把一块炸鸡腿整个连骨头嚼烂，吞了下去，儿子当场被雷倒。为何老爸的牙能咬烂鸡骨头而你不行？我因势利导：喝茶，茶能防龋固齿。自此，好想当男子汉的儿子，慢慢爱上了喝中国茶。

茶的苦涩自不待言。因各种条件变化，泡出来的茶，味道香气千姿百态。刚开始时，儿子对茶的不同显现非常好奇，我对他说，顺其自然只管喝。好多次，我们放松心情，取泉烹茗，一同享受着曼妙的茶之旅。

儿子还在读小学时，有一天我拿出玻璃棱镜对着阳光，光线经折射后，在地板现出红、橙、黄、绿、蓝、靛、紫七彩颜色。儿子惊奇地说，是无中生有。我跟他讲，不是无中生有,而是本来就有,借助工具能够发现这一光学现象。

红绿蓝三原色可以混合出所有的颜色,同样,我让儿子明白,酸甜苦辣咸五味,共同构成一杯茶汤的茶味,延伸扩展开来,就是千变万化的味世界。北京故宫西侧的社稷坛铺放着五色土,青白赤黑黄五色对应东、西、南、北、中五个方位,又及金、木、水、火、土五行,春、夏、长夏、秋、冬五时,宫、商、角、徵、羽五音,五味对应心、肝、脾、肺、肾五脏,关联喜、怒、思、忧、恐五志……五运六气不通,遍读方书无益。

近日,我带读高中的儿子到茶叶店,店老板对他说,你爸能通过喝茶,明白别人的心思。

回家路上,儿子突然问我,怎么喝茶可以知道人家在想什么?

我反问儿子,同样的菜,妈妈炒的和别的阿姨炒出来的味道一样不?儿子若有所思,随后点了点头。

我讲给他听,别人想什么我不清楚,但喝茶时,人的情绪一定会反映在茶汤里。茶有活性,人心躁动,茶味也就跟着起伏变化。

华严世界,一多相容。个体含有整体的信息,一就是一切;整体包含个体,一切包含一。

一杯一世界,从茶的整体呈现,可以体察

出茶客的心境。茶味清纯圆融，知其心意通达；苦涩凝滞，察其昏蒙迷糊；茶味一直平和，但因某人出现，味道陡然大变，可管窥来人心地质量。"用心若镜，不将不迎，应而不藏"，茶就像一面镜子，能照出来人的长相面貌。

苏轼有偈云："溪声便是广长舌，山色岂非清净身。"茶虽无情识，却能"说法"，这种"无情说法"，须用心耳聆听，用心领会。

我跟儿子说，你没有感觉到，说明眼界还没打开，打开了就像读唇语，能看懂人家在说什么。貌似玄奥的东西，说清了也就不玄啦。

我告诉他，《易经》是中华群经之首，易的是万事万物，不该易的是人的初心。

"无心之茶，柳绿花红。"无心之茶，用凡眼看，了不可知。须以智慧的心眼，才能体会茶的细微变化。柳绿花红，前提是必须无碍，茶才了了分明。你没有了，就能知晓别人的有，好比镜子，有映照之用。

茶禅一味，归根结底，就是喝茶。茶是茶，禅是禅，又非茶非禅，非不茶非不禅，这是另一番光景。

茶事如人事，关乎天下事。铁观音的兴衰、普洱茶的冷热等，都关乎人情世事。世事洞明皆学问，刘禹锡《西山兰若试茶歌》有"欲知花乳清泠味，须是眠云跂石人"的诗句，这里暂且给儿子留一人生功课。

智慧人生

大学之道，在明明德，在于彰显人人本有、自身所具的光明德性。我们有必要将外在形而下的东西，积淀内化成气质修养，凭智慧去建立事功。

风物南台云淡
沁固肌惊，可用
西坡峨足遍萘甘
四海温思三妄长

赞文怡老大作，壬午冬日陈广腾

南方报业传媒集团副总编辑　陈广腾撰并书

知生与知死

　　人一生下来就往死路奔，只是不知何时死或怎么个死法。养生应该摆正心态，养心是正确养生的第一步。

　　孔夫子说过："不知生，焉知死。"有位日本人，也写过一本书，书名叫《不知死，焉知生》。

　　孔子的意思是关注当下生活，只管好好活着，不要让死来困扰自己，自寻烦恼。遵从圣人教诲，"身体健康"是现在社交场合讲得最多的祝词，微信朋友圈很多也在转发"养生大法"。

　　因为没有回答生死的问题，所以有学者认为，儒教不能算是一门宗教。不知死，人生是残缺的。明了生死，才真正解决"从哪里来，到哪里去"的问题，人的生命过程才圆满。

　　知生，所以养生。养生就是颐养天年。生命非常美妙，需要呵护，当然应该健康活着。

　　知死，也是人生一大课题。人的一生，死亡如影随形，不可避免。毋庸讳言，人一生下来就往死路奔，只是不知何时死或怎么个死法。

上海外滩发生踩踏悲剧，造成36人遇难，其中大多是热爱生活、风华正茂的年轻人。他们在人群中快乐迎接新年，没有意识到潜在的危险，等到真正发现时，死神已经降临。

安全教育就是"死"的教育，防险急救，警惕周围的死亡陷阱。认识死亡，并不是找晦气，而是积极的生命教育。

"不知死，焉知生。"不明生死，可能惧怕生死或无所谓生死，走入生命的误区。

出生、成长、衰老、死亡，这是人正常的生理过程，明白这个自然规律，就是摆正了心态。养生先养心，养心是正确养生的第一步。在此基础上，顺应自然，延年益寿。观念如果出现偏差，养生可能变"养死"。

有的人太在意自己的身体，出现点小毛病就心急乱投医，过度干预治疗，给身体造成不可逆转的损害。有的则无事生非，迷信各种离奇古怪的"养生"方法，吃这吃那，破坏了身体平衡，结果病从口入。

生活有时要用减法，适度饥饿就是减法之一。禅门规矩，疾病以少食为药，激发身体自我调整、自我修复的潜能。少食不但是一种修行方法，也是一种治疗办法。

"只修命不修性，此是修行第一病"，中

国传统宗教文化主张性命双修、福慧双增。

生死事大，生活中除了养生，还应该"知死"，思考死亡会带走或给我们带来什么。"知死"能让我们活得更坦然，珍惜在生之时，忏悔和改正过往的错误，当生命走到最后，不带着悔恨和惊恐离去。

日前，我在一个论坛上，听到华大基因董事长汪建的高论，很有意思。他设想，3D打印一个身体模型，里面保存自己的生平、基因及生殖细胞，这样会颠覆对死亡的认知，"我的健康我做主，生老病死我手中"。

耶稣讲过："一粒麦子不落在地里死了，仍旧是一粒；若是死了，就结出许多籽粒来。"死去活来，年复一年，一粒种子可以生成万担粮。果子不能落地繁衍，在树上也就是个半天吊。

韩信用兵，置之死地而后生。化茧成蝶，死亡是又一生命形态的开始。

《圣经》还说：那杀身体不能杀灵魂的，不要怕他们；唯有能把身体和灵魂都灭在地狱里的，正要怕他。

向死而生，圣人顾性不顾命。

这位老太太走得很光彩

吾见如是

> 如果家人当时不搬动她,老人家双腿一盘,就将平静地"坐化",端坐安然而命终。老太太没有修行的概念,但她生前行住坐卧,无一不在道中。

俗话说,生易过,死难过。因为鬼门关不好过,所以民间的说法是:好生不如好死。活得好,不如死得好,死得轻松。

走得光彩,是人生一大福报。

花和尚鲁智深,是我小时候喜爱的《水浒》人物。他爱憎分明,扶危济困,嫉恶如仇,最后"听潮而圆,见信而寂",安然坐化,"赤条条来去无牵挂",洒脱而去。

几年前,冯学成居士跟我讲过"一棒三大士"的故事。他说,李绪恢、杨光岱等成都维摩精舍的几位老修行,明明白白,他们离开人世时,没有一点痛苦,说走就走,非常"光彩"。

大年初五,我一位同事的外婆以96岁高龄辞别人世。近日,同事深情地讲述他外婆的生平。

老婆婆名叫余美娥,是广东省汕头市澄海区莲下镇人。40岁时丈夫去世,她独力拉扯三个小孩。儿女长大成家后,老太太不愿麻烦人,自己独居老房子。她每天清晨挑着土杂肥下地种菜,自耕自足,收成多了会送给乡亲享用,自己绝不浪费一粒粮食;忙完农活顺路捡柴草回家烧火做饭,数十年如一日,唯一用过的电器就是一盏电灯。老人家克勤克俭,惜物惜福,生活过得就像个苦行僧,以至于有人当她"老糊涂",是个"疯婆子"。

老人82岁时被车撞断右髋骨,医生断定难以复原,让她回去静养。她硬是自己用土方医治,一个月后行走自如;直到94岁时,才被儿子劝服接回一起住。

大年三十下午,同事与外婆一块晒太阳拉家常,当时老人家神清气爽,记忆清晰。到了年初二,老人突然跟媳妇说:"我要走了。"儿媳故意岔开话头:"大过年的,大家都忙,别乱走。"老太太听后没吭声。年初四中午,她又说要走,这回媳妇跟她讲:"家里其他人出去旅游,就我一个人在,您不能太快走。"当天晚上,亲人们回来了,大家一起开开心心吃了晚餐。

初五中午,老太太不想吃饭。下午吃了半根香蕉后,老人家坐在椅子上安详地睡着了。

到了下午五时左右，家人叫不醒她，于是把她抱上床，当时老人还有脉搏气息。晚上九时多，老太太停止了呼吸。

余婆婆自自在在走完人生旅程，无痛无疾，有商有量，走得很光彩。如果家人当时不搬动她，老人家双腿一盘，就将平静地"坐化"，端坐安然而命终。

《坛经·付嘱品》记载，六祖惠能大师说完偈后，端坐到三更，突然对弟子们说："吾行矣。"话毕溘然逝去。

把握生死，超越生死，古往今来，多少人为了这个终极目标，孜孜以求。

在生死问题上，老太太心里装着一面镜子，清醒明了。谁说她是"老糊涂"？像老太太在生死关头这么淡定，走得有尊严，走得光彩，当今世上，不知多少人能做得到？

常常也有人轻言能看破生死，无所谓了，但说归说，事到临头就没那么简单了。死得很悲惨、很难看的，大有人在。是不是真的看破、超越了，恐怕得由后人和历史来见证，阁下自个儿说了不算。

盖棺论定，老太太没有修行的概念，但她生前行住坐卧，无一不在道中。

老太太的人生经历告诉我们，社会是道场，生活是修炼，禅在日用，大修行在世间。

生命无常 善自珍重

有诞生就会有死亡，生老病死是生命的基本规律，是正常的生命过程，无须恐惧。问题是我们能否超越生命周期，找到永恒的存在？

这个刚过去的假期，路堵，心也堵。

10月1日，香港海难，茫茫怒海，39条人命流逝，香港全城哀悼。

10月4日，云南彝良，愁云惨雾，19人被滑坡山体顷刻淹没，总理亲往献花表达哀思。

8天时间，拥堵的道路上，车祸频频，不时传出车毁人亡的噩耗……

人类栖居的地球，随时会突发灾难。碧水青山，天空平地，瞬间可能变成坟场，鲜活的生命转眼消失。

灾难频繁，几乎成为常态，我们怎样自保？面对无奇不有的末法乱象，我们又该如何自处，才不致迷失？这些问题很大，我们无法回避。

是的，生命脆弱，在灾害面前，人类有太多的无力感。但是，除了感伤叹息、悲天悯人，我们还会问：生命的意义何在？生活的勇气从何而来？

有诞生就会有死亡，生老病死是生命的基本规律，是正常的生命过程，无须恐惧。问题是我们能否超越生命周期，找到永恒的存在？换言之，生命里有没有不坏的东西？如果我们能认识并把握住生命中不变异的东西，我们就能够修炼它，从而掌握超凡脱俗的途径。

精神不朽！死亡的是肉体，不死的是精神。正如我们伟大的中华民族精神，生生不息，代代相传。

复活永生、灵魂不灭、真性恒住……宗教家给出了很多的开示。人文宗教情怀，可以帮助我们守护心灵，超越苦难。当灾难突然来袭时，不至于方寸大乱，会有足够力量淡定应对。

生命无价，我们应该惜生护生；生命无常，我们也要惜时惜福。安排好自己的生活，珍惜身边人，做好手头上的事，活在当下，这是我们应该而且做得到的，是生命中我们能够自主的东西。

过去的已然过去，我们也许不知未来会发生什么，无法苛求别人的看法，外部环境如何作用于自身也不得而知，但我们完全可以做到管住自己当下一念。

我们还应学会守望相助，天灾无情，人间

有爱。当厄难来临，大家彼此施援，助人自助，给予爱和接受爱。超越了小我的局限，生命的意义自然放大。

从因果论讲，具备一定的原因，辅之以相当的条件，就必定生成相应的结果。种善因得善果，我们可以因地制宜，截断恶因，对内生成正向能量，对外传递正能量。正能胜邪，邪气不入，通过主观努力，可使事情向好的方面发展，直至达到理想的结果。

事在人为。从这个角度讲，人是可以把握命运的，天道酬勤，天遂人愿。

生命无常，危机四伏，也许我们无法摆脱苦难，却可以改变对待苦难的态度。人们可以通过修炼，让心灵充满阳光，使境界得以提升、精神变得强大。

黄金周期间"宅"在家里，本为歇心养元，却不时悲从中来。南怀瑾大居士闻思修证，样样不落，老人家日前也已撒手尘寰，戏完卸妆归天国。南师倡言"文化立国"，这位"一无所长，一无是处"的智者，令人感怀。一瓣心香，合十作别。

伤逝，愿生者珍重，逝者安息！

鹅湖之会与读书之法

吾见如是

也许我们不需太高深的学问，要的是回归常识，有面对现实、直面真相的勇气。这种不受前人及书本桎梏的肝胆气，光靠读书怕是读不来。

近日，我听到两位名人的声音。

知名企业家马云在一次读书会上说：我来就是想告诉大家，别读太多书。读书像加油，加满还需知道去向，而装了太多的油就会变成油罐车。

另一个是易中天教授发的声：中国教育出了严重的问题。丢掉了根本，搞坏了脑子。不能怀疑，不准批判，不会分析，也想不到要去实证，当然不会发现问题、提出问题，更不会分析问题、解决问题。结果是，文科生变成字纸篓，理科生变成机器人。谁都不会独立思考，每个人都丧失了自我。

怎么回事？世间好语书说尽。读书明理，教书育人，读书怎么会搞坏脑子，迷失去向？难道真要搞弃圣绝智、弃仁绝义那一套？

霎时眼前浮现出发生在南宋时期的一幕情景。那是中国哲学史上一次堪称典范的学术讨论会——鹅湖之会，后人评价说，它首开中国历史上书院会讲之先河。

当时，"理学"宗师朱熹和主张"心学"的陆九龄、陆九渊兄弟，应约来到今江西上饶的鹅湖寺，双方就各自的哲学观点展开激辩，这就是著名的"鹅湖之会"。

辩论的中心议题是"教人之法"。在这个问题上，朱熹强调"格物致知"，主张多些读书，多观察事，"泛观博览而后归之约"，得出相应结论。陆氏兄弟则从"心即理"的人心本体出发，主张"发明本心"，认为去此心之蔽，就可以通晓事理，所以尊德性、养心神最重要，反对多做读书穷理之工夫，强调读书并不是成为至贤的必由之路。"二陆之意欲先发明人之本心，而后使之博览。"据史籍记载，此次"鹅湖之会"，双方互不相让，争议了三天，陆氏兄弟略占上风，最终不欢而散。

后来，陆九渊又再强调"义利之辨"，认为知识的后面，应该有个方向性的东西，即"志"，就是为人的根本、做事的动机。陆九渊主张以求知的手段充实本体，作为德性的补充。

小时候，我常听到大人教诲：一德二命三风水，四积阴功五读书。于是，从孩提时起，我就明白一个道理：读书可以改变命运。那时

吾见如是

候,旧房子有副对联:教子须读书,纵不超群能脱俗;持家要勤俭,虽无盈余免求人。年稍长,读懂了楹联含义后,我似足一头小犟牛,不待扬鞭自奋蹄,迷上了啃书,但对读书之法,不甚了了。

后来,读了些闲书,开始胡思乱想。先前张良从黄石公处,获授无字天书,最终成为帝王师,辅助刘邦成就大业。难怪周恩来能当总理,原来他也能"从无字句处读书",这是何等的境界!这个"妙思"让老师知道后,惹来了一顿臭骂。

再后来,也许是读书读坏了脑,我开始厌学,认为"读书是前世事",以清代诗人袁枚的诗句"书到今生读已迟"自嘲,对岭南传奇人物六祖惠能大师则佩服、羡慕不已。《坛经》里讲,他老人家不识一字,却能讲经说法,还成佛作祖。这还需要读什么书?

读书这件事,本来简简单单的,却困扰了我多年。因为读书,我的少儿时代,难言快乐。

进入大学校园后我开始读洋书,那时流行读叔本华和尼采。"在读书时,我们的头脑实际上成为别人思想的运动场了。所以,读书愈多,或整天沉浸读书的人,虽然可借以休养精神,但他的思维能力必将渐次丧失。"当读到叔本华这一名句时,我吓了一跳。

"从来没有人为了读书而读书,只有在书中读自己,在书中发现自己,或检查自己。"罗曼·罗兰又一次让我触了电。后来,还是普希金的一句话使我特别受益:读书和学习是在别人思想和知识的帮助下,建立起自己的思想和知识。

禅宗有位以"行棒"名扬天下的祖师,这位德山禅师早年学问做得好,却没能明心见性。后来他往参禅宗大德,经点化后,终于彻悟本来面目,发出"穷诸玄辩,若一毫置于太虚;竭世枢机,似一滴投于巨壑"的感叹。

从现实情况看,我们也许不需要太高深的学问,要的是回归常识,有面对现实、直面真相的勇气。这种不受前人及书本桎梏的肝胆气,光靠读书怕是读不来。

"读书无疑者,须教有疑,有疑者,却要无疑,到这里方是长进。"这是朱熹老夫子说的话。读书须生起疑情,不疑不悟,领悟了就得放下,尽弃所有,才能发明本心,这叫理入。

大学之道,在明明德,在于彰显人人本有、自身所具的光明德性。

缘事析理，不当知识搬运工

吾见如是

> 有知识没文化，学来的知识不能消化，不能衔接事理，没有真实的见地，充其量不过是个知识胖子。

诺贝尔和平奖得主穆罕默德·尤努斯曾到广州出席论坛，与主办方分享他创办的孟加拉乡村银行模式以及社会企业的成功经验，传播"消除贫困，发展民间金融"的理念。

尤努斯通过27美元开始实践小额信贷扶贫模式，创新金融服务，帮助贫困妇女及其家庭脱贫。至今，孟加拉国已经有800多万的穷人贷款者受助得益。

尤努斯能够获得诺贝尔和平奖，是因为他找到了实现和平的重要途径，即通过创立小额信贷模式实现消除贫困和社会进步。诺贝尔奖委员会评价说：除非大多数人能够找到消除贫困的办法，否则，长久的和平是不可能实现的。尤努斯所倡导的小额信贷被证明是一种非常有效的扶贫方式：信贷额度小，无须抵押，且偿还率高达98%。

尤努斯说，慈善主义是很高尚的，但慈善是有局限的，因为慈善家的钱花出去之后不能进行循环，慈善只能做一次。如果转化成了社会企业的模式，社会企业的金钱是流转的，故可以重复使用获得的资金再去解决问题。

资本必须流转起来，这不是什么高深的学问，而是很普通的道理。作为经济学家和银行家的尤努斯，荣获的不是经济学奖而是和平奖，与其说他拥有高深的经济学理论和高超的理财技巧，倒不如说是他的良知与责任感使然。

探究尤努斯成功创办乡村银行并获得诺贝尔奖的原因，可以简单归结为"悲悯"二字。他关注世间的苦难，对穷人有怜悯恻隐之心，接上了地气，有了源头活水，解决问题的方法也就随心而生。这时候，知识就是力量，就有了创意，他就具备了救助苦难的超凡能力。

现代银行"嫌贫爱富"，大家都喜欢锦上添花，尤努斯偏来个"雪中送炭"。他的创意因关注现实而来，缘事析理，理事和合，结果创新知识、造福穷人。

没有借鉴抄袭，这位"穷人的银行家"创出一条可持续的扶贫新路，全球100多个国家群起仿效。

现实中，我们不难发现某些"知识精英"，今日这个学说，明天那个流派，新名词一串串，滔滔不绝,很炫很吓人。可细究下来,不外乎引来引去,搬这搬那,像个知识搬运工。问题就出在他们自身没有自己的见解,不是从自己胸中流出,而是拾人牙慧,独立思考付之阙如。

何况,这些知识"精英"所知的东西,恰似"爪上泥",未知的犹如"大地土",相形之下,所知者微不足道。如此看来,沾沾自喜,执着所知,岂不可笑?

有时,我们会笑说某人有知识没文化,学来的知识不能消化,不能衔接事理,没有真实的见地,充其量不过是个知识胖子。

前不久,闹出一位"毕业后死都不下基层"的厦门大学经济学院女博士。这位女博士蔑视基层实践和田野调查的治学精神,大致就属于知识胖子这一类的人物,难逃"知识搬运工"之嫌。

在经济学领域的知识分子群体中,我们不难找到西方经济学家,却很难发现中国经济学家。因为近现代经济学为西方所创,西方仍在继续主导经济学理论的研究发展。国内有些所谓的"经济学家",照搬西方知识体系,滥用西方的方法分析中国经济现象,结果自然大跌眼镜。

时下国人也在追问:为什么穷人没有自己的经济学家?其实这并不难理解,为穷人说话,无利可图;为权力和利益说话,财源滚滚。在这种情况下，知识分子群体失去独立性，无可避免。

　　文化重在化。我们应该灵活运用所学到的知识，将外在形而下的东西，积淀内化成气质修养，发明内心，凭借智慧去建立事功。

最大的用处，就是没有用处

吾见如是

> 为读书而读书，这是超越日常功用的快乐学习。读书本身就是价值，就是目的。

最近，有几个"没有用处"的说法，给我留下了深刻印象。

诺贝尔文学奖得主莫言认为，文学和科学相比较，的确是没有什么用处。他在诺贝尔奖晚宴致答谢词时讲："文学的最大的用处，也许就是它没有用处。"

如果大导演李安说他自己"没有用处"，你会信吗？电影《少年派的奇幻漂流》全球热映，李安在接受访问时，展露了招牌式的谦逊。李安自认生活自理能力低下，他对记者说："我是一个没用的人。"

不久前，南怀瑾居士往生了。对于"南怀瑾无所不至、无所不能"的赞誉，或者"南怀瑾就是一个走江湖的"的质疑，南师生前说，这一切都与他不相关，"明白的人自会分辨，不明白的人辩解也不明白，徒费口舌而已"。他常说，自己这一生也确实就是八个字：一无所长，一无是处。

多才多艺的弘一法师，晚年自号"二一老人"：一事无成人渐老，一钱不值何消说。

唯无用能成其大用。看来，杰出人物都随身备有扫把，随时打扫，清空归零。

民国时期，我的家乡也曾出过一位名人，叫陈炯明。他当过广东省军政首脑，造福一方，颇多建树。其私德被时人誉为楷模，一生不置产、不二色，身后家中无钱为其殓葬。陈炯明身居高位却又活得纯粹，掌公权而不私用，用李安的话说，陈炯明大概也算是个"没用的人"。

陈炯明说过："我们中国人却不自知，天天不把学问来养智识，智识就不能发达了；天天不把道德来护意志，意志就要受外诱了；天天不把人类社会来寄托情感，情感就要漂泊无归了。"德国哲学家康德讲，他最敬畏世上两样事物：头上的灿烂星空和心中的道德法则。我推测，陈炯明心中完全具备道德法则，并且会是一个常常"仰望星空"的人。

古希腊人早就有"为求知而求知"的境界，有位叫泰勒斯的哲学家就十分关注头顶上的星空，他曾因走路时专注于"仰望星空"而掉进坑里。在常人眼中，哲学家就是那些"只顾天上不顾及地面的怪人"。

仰望星空，这是对于当下功利事务的超

越，它与提高世俗生活质量无关。黑格尔说："一个民族有一些关注天空的人，才有希望；一个民族只是关注脚下的事情，那是没有未来的。"

人生识字忧患始。国人读书承载了诸多功利因素，莘莘学子打从发蒙开始，一直埋首书本，哪有心思去仰望星空。当大家都在顾及地面、关注脚下事情的时候，天体不断红移，星空离人类越来越远，我们剩下一副躯壳，在真理的门外徘徊。

仰望星空可不是一件简单的事情，仰望星空是对生命本体的热爱，对自由精神的向往，需要具备非常高贵的品质。

仰望星空内涵深刻、意义重大，可不是仰着脖子面对夜空发呆那回事。释迦牟尼某年腊八夜晚仰望星空，在菩提树下悟道成佛。明代大儒王阳明被发配到贵州龙场，于是某个晚上发生了著名的"龙场顿悟"。顿悟之后王阳明说："圣人之道，我性已足。过去从外物求天理是舍本逐末了。"

李安自嘲"是一个没用的人"也好，南师自贬"一无所长"也罢，都不是在功利层面上说事，意不在此。智者所说的"没用"，是一种形而上的大用，是直指人心，是性灵起用。

为读书而读书，这是超越日常功用的快乐学习。文学没有什么用处，但我们需要文学，因为文学可以润泽心灵。这就是莫言所说的，最大的用处，就是没有用处。

于是，读书之义大白：读书本身就是价值，就是目的。"为读书而读书"是直心，直心是道场。

难就难在"为读书而读书"。

乐也乐在"为读书而读书"。

艺术家的靠谱与不靠谱

> 艺术精英严重不靠谱,而严重不靠谱之后极可能成为艺术精英。

"从猫的眼中看世界和看人生",这样的创意从何而来?

经典音乐剧《猫》的中文版新鲜出炉,登陆广州大剧院。我被带进月色下伦敦郊外的一个垃圾场里,杰里科猫群的世界。

"不错,这就是一个传说。"舞台上,现实与梦幻互相交替,精彩的音乐舞美,奇妙的灯光效果,曼妙的神话世界。

编导的非凡创造力令人叹服。这样的经典是怎么炼成的?艺术家当时处在一种什么样的创作状态?

鸡蛋吃了,但不满足。我还想看看下蛋的母鸡,探究一下这只蛋如何生出来。

我从大导演李安身上得知了答案。

一位少年与一只猛虎困在救生艇上,在海上漂流227天,你说这事靠谱吗?

答案是:你若相信就是真实的,否则就是

不靠谱。

这算哪门子事,还讲不讲理,有没有谱?

武松打虎、与虎谋皮、苛政猛于虎、老虎屁股摸不得……如果固守理性逻辑,像派的父亲说的"你是你,它是它",那么,少年派的奇幻漂流百分之百是假的。

同样,如果固执于猫是肮脏龌龊的劣等动物,只配在垃圾堆里挑点吃食,那么艺术家就不可能进入猫族的世界,创作出传世的经典。

派在孤舟上与老虎周旋,电影拍得惟妙惟肖。拍摄现场的真实情况是:派的眼前压根就没有老虎,他只是拿着棍子在空气中比画。或者说是派将他心中的老虎投射出来,让眼前现出一只猛虎的意象,自己又再与这只看不见、摸不着的"老虎"进行较量。

这事看似挺不靠谱。可是李安说,人人心中都卧虎藏龙。拍戏的过程证明,李安很真诚,没有欺骗观众,他挺靠谱的。

奇幻现实,与现实主义艺术思想大异其趣。无须讳言,就目前国人整体艺术鉴赏水平而言,我们确有必要自我反思艺术观,提升人文精神,免得幽默感丧失,创造性思维枯竭,眼界和胸襟低下狭窄,而自我沦落成一个乏味的人。

艺术家的心态无法言表,不可思议。所以大智如李安者,对此也只能耸耸肩:"我不知道，讲不清楚。"

不知道就是知道，不清楚就是清楚。

在气质上，艺术家具有超越多数人习惯思维的先锋性。艺术家的内心感受，完全可以脱离世俗理性，甚至大脑思维的束缚，直达可见不可见的世界。这时候，身体就成了一个工具，一个传感器。

李安说他在拍电影的时候，整个人就像个灵媒，受到某种神性力量的召唤，往外看是上帝，往内看是触摸不到的东西。其实，正是这种看似神秘的力量，使李安摆脱了意识局限。喷发出强烈的艺术创造力，将想象力构建的世界，活灵活现地表现出来。

《杜尚访谈录》与《歌德访谈录》一样，意义非凡。杜尚改变了西方现代艺术的进程，掀动了西方艺术的全部基础。杜尚拿起身边的架子、便盆，签上名就作为自己的作品送展，并且向整个世界发问：艺术为什么不可以是生活本身？就这一句话，震得艺评家们满地找眼镜。

以现代艺术的眼光看敦煌壁画，壁画就是个背景，逼仄的石窟就是舞台，真正的艺术不是流传下来的壁画雕刻，而是当时佛教徒的生活本身，是苦行僧们凿壁绘画的活动过程。善信者表达内心对佛法的虔诚，这才是艺术。

是的，艺术并不是艺术家的专利，生活本身就是艺术。骑手天天在跳骑马舞，人人都是鸟叔。

我们心中都有只老虎,把老虎激发出来驾驭它,"漫将心印补西天",人人皆是李安,众生皆得成佛。

中国也出过一本震古烁今的访谈录,它直指人心,读来让人酣畅淋漓。按现代艺术解构,书中所谈的就是心心相印的艺术。这本书是唐代宰相裴休写的,书名叫《黄檗希运禅师传心法要》,不知当今世上,有多少人肯静下心来读这种老古董?

有个禅宗故事,不妨也当作行为艺术来看。话说某次有信众请老和尚开示佛法,老和尚伸出了一个手指头,众人见状都赞叹不已。小和尚对这一幕看在眼里,记在心头。后来又有人向小和尚请教佛法,小和尚如法炮制伸出手指。可这回,他的手指给老和尚抓住,剁了。凶巴巴的老和尚末了扔给小和尚一句话:现在佛法在哪儿?小和尚言下大悟。

这是禅机,法随心生。创意无限,随心生发。

貌似无厘头,其实挺靠谱;而看似靠谱的,却严重不靠谱。

不难明白:艺术精英严重不靠谱,而严重不靠谱之后极可能成为艺术精英。

吾见如是

禽流感里的小农基因

狮子虫吃狮子肉,由小小细菌病毒演化而来的"超级细菌""超级病毒",未来或许将成为人类的大敌。

上海、南京已经在全市范围关闭所有活禽交易市场,有关部门在东莞一个三鸟批发市场又检出带病毒活鸡。因加强禽流感疫情防控,深圳禽鸟批发市场档口全部休市,进行大消毒。

科学家公布的研究结果表明,H7N9是一种新型重配病毒,部分内部基因片段来源于江浙沪周边的鸡群。禽流感病毒表面的血凝素蛋白一旦发生突变,病毒就更容易传染人类,病毒将来有可能具有人际间的传播能力。专家更加挑明,城市的活禽市场现宰现卖,是导致禽流感发病的危险因素。

既然已经查明活禽交易是危险传染源,能不能彻底关闭城市活禽市场,转而实行集中检疫、中央屠宰呢?

传统的小农经济社会,家家户户饲养牲

畜。现今中国农村，仍延续几千年的一幕：有客人造访，主人往往会到房前屋后的鸡窝，现抓现杀，烹鸡待客；快过年了，又会宰掉家养的肥猪，或卤或腌，做成腊肉留着享用。这是中国小农社会的浮世绘。这种小农基因，积淀在传统文化里面，世代相袭。

传统农业社会自给自足，人畜混居情况司空见惯，农村地域辽阔，自然净化能力强，生态维持着相对平衡。可一旦人群大量聚居城市，空间变得狭窄，城市公共卫生问题就突出起来，沿袭几千年的传统做法，突然间行不通了。

活鸡与冰鲜鸡经烹制后味道不同，试问不吃活鸡，改吃冰鲜鸡，"吃货"们答应吗？舌尖上的中国对此将情何以堪？但是，身处文明社会，严峻的公共环境问题，迫使我们不得不做进一步的思考。

在深圳原特区外几个街道的旧屋村，记者发现仍有一些居民饲养家禽，鸡鸭散走在高低不平的狭小村道里，禽粪遍地都是，卫生状况堪忧。居民告诉记者："我们养的这些鸡鸭都是自己吃的，自己养自己吃，实惠些。"

禽流感病毒的基因突变，可能造成人传人的可怕后果。农业社会长期形成的超稳定小农基因，会妨碍国人的现代化。

近年来，有关禽畜活宰注水、活熊取胆

汁、活剥貂皮等报道，严重损害了我国的国际形象。西方发达国家通行的人道屠宰法案，也已经成为限制我国肉类产品出口的壁垒。

广义上讲，人道屠宰就是在动物的运输、装卸、停留、待宰以及宰杀过程中，采取合乎动物行为的方式，尽量减轻动物的紧张和恐惧。最基本的要求是在宰杀动物时，必须先将动物"致昏"，使其失去痛觉，绝对不允许"杀鸡给猴看"。

这里暂先放下素食的益处不表。专家指出，不经过情绪安抚直接血腥宰杀，动物因受惊吓，神经紧张，体内容易分泌大量的毒素和不良物质，这样的肉质酸性大，作为食品于健康非常不利。

中央屠宰，可以有效预防一些人畜共患的疾病，这是西方发达国家的惯常做法。千万人口的特大城市人禽混杂，活禽市场里现宰现卖，这种情况对公共卫生环境构成严峻挑战，与文明发展方向相违背。

善待动物，其实也是善待人类自身。拥挤的环境容易诱发精神疾病，春运期间，经常传出有乘客在车厢内发狂的消息。同样道理，动物有灵，物伤其类。处于逼仄危险的境地，动物的情绪会变得恐惧不安，可能导致性情大变，病毒基因突变交叉重组，引致灾难性的后果。

人类的过度活动，打破了自然生态系统的均衡。目前，处于食物链顶端的人类没有其他物种制约，水、大气、土壤的资源限制是非生物的因素。狮子虫吃狮子肉，由小小细菌病毒演化而来的"超级细菌""超级病毒"，未来或许将成为人类的大敌，我们必须早做防范。

最难翻越的是执见山

吾见如是

> 破山中贼易，破心中贼难。攀登实体的山不太难，世上最难攀越的山是无形的，那就是自己的执见山。

有则广告做得很显眼，广告词是"山高人为峰"。

山高人为峰，貌似挺抓人。推敲起来，首先你得登顶才行，否则就是说胡话。再者，地球自转打个颠倒，12个小时后，又会被高山压在最底下。

"海到无边天作岸，山登绝顶我为峰。"林则徐这个对子诗意盎然，体现出一种豪迈旷达的气概，讲的是心性。

不少人喜欢登山，还有很多人想"征服"珠穆朗玛峰。破山中贼易，破心中贼难。攀登实体的山不太难，世上最难攀越的山是无形的，那就是自己的执见山。

执见是固执我知我见，固执片面或是错误的所知所见，以假为真，执妄为实，日久形成"所知障"。

执见山是个意识堡垒，泰山起于微尘，人积数十年之功不断采集，形成习惯看法、固化思维，借以分别自我与外部世界，由此支撑起整个人生。离开知见，找不着北，这无异于要命，人生会坍塌。相比较而言，名利地位都还容易放下，就这个执见山最是牢固，冥顽不化，巍峨壮观。

有的人习惯从执见出发，凡事先入为主，立马与外部生成对立，检测别人是明察秋毫，反省自己则是灯下黑。就如拿马桶去接山泉水，然后念念有词，说这是刚接的甘甜山泉，还多情得不得了，硬递给别人，人家不喝自己还不高兴。

执见如山的人，无法检讨自己的容器污浊，知见不纯。这种人悟不透庄子所说的"欲是其所非，而非其所是，则莫若以明"的道理。

执见山起于自我偏执、自我设障而不自知，其危害就是障蔽灵性，妨碍智慧显现。这使人失去学习自新能力，随妄流转，结局就是没落腐朽。

要破这个固化的所知障，必须在灵魂深处动刀子，切割剥离，更新软件，自我扬弃。可是，革别人的命可以，别革我头上。日积月累，好不容易攒下的一点家底，说扔就扔，这个大难！

譬如，有人在阴暗潮湿的环境待惯了，浑身上下散发霉味，你让他出来通通风晒晒太阳，他可能会回绝说，外面不安全，太阳光芒太扎眼。

有的人需要在生活中碰撞，撞到墙了，脑门洞开，才会回头。因此付出点代价，吃点苦头在所难免，这叫在痛苦中领悟。有的人又必须先哄他挪位，再将原有基础垫高，使之回不到原有位置。就像金矿提炼出了金子，金子就再也不能恢复为矿石了。

其实，说难也易，就是认识到位、认识提高了，心意识疏通，固化执见就会脱落，迎来崭新的人生。

猪遇风口能飞起来，人不可能提着自己的头发飞。如果内心升腾起追求真理的觉性，希望从执见牢狱里走出来，就需要寻求明白人帮助，指引正知正见，佛家叫入佛知见。"转一切见入佛见，佛见入一切见。"

问题是去哪里寻找真理。

有人问登山家，为何要那么辛苦登山？登山家平静地回了一句话：因为山在那里！

因为执见山在，就得跨越。说到底，人就是跟自己过不去。

"没有比脚更长的路，没有比人更高的山。"汪国真的诗写得真好！

提前把腐朽送进殡仪馆

趁着自己能做主的时候，提前把自己的烦恼送进殡仪馆，自觉将腐朽的积垢强行剥离，火化掉，来一次华丽转身。

"醒来的速度不够快，就不用醒了，免得伤心，直接送火葬场罢了。"

这是朋友发给我的微信里的一句话，话说得很决绝，连醒过来喘口气的机会都不给。

微信第一句话这样问："危机来了，你在干什么？"世界正发生翻天覆地的变化，突出的表现是跨业洗牌、跨界竞争。一个免费使用的微信软件，就足以将手机电话和短信的利润空间完全封闭，让舒舒服服收费多年的运营商们手足无措。更多血淋淋的事实是：不少经济实体沉睡难醒，还没回过神来，就呜呼哀哉了。

自以为是、故步自封，不能洞悉先机、灵活变通，导致积重难返，死得不明不白，最后没有尊严，也来不及痛恨悔悟。

别怪世界变化快，要怪我们转身慢。都说

瞬息万变，其实瞬息都嫌长，就像人，一口气上不来，立马玩完。大限一到，拉走你没商量，往殡仪馆一送了事，不管你对世间有多么眷恋。

作家余华出版新书《第七天》，该书开篇这样写道："浓雾弥漫之时，我走出了出租屋，在空虚混沌的城市里孑孑而行。我要去的地方名叫殡仪馆，这是它现在的名字，它过去的名字叫火葬场。"

该书责任编辑说，《第七天》比《活着》更绝望，比《兄弟》更荒诞。

殡仪馆就是一个非常荒诞的地方。遗体马上就要被烧成灰，偏偏叫人家"安息吧"。都与世长辞了，还安息个啥？

本来明明白白的大实话，被说得悲悲切切，折腾得人胆战心惊。

如果说"永垂不朽""一路走好""万古长青"等美好的话，都是讲给死者灵魂听的，那么，为何不在人活着的时候说？

为何不劝导逝者生前好好做人，注重精神修养，让高尚的道德情操"永垂不朽"，永远垂范世间？

为何不提醒逝者生前"一路走好"，不要睁着眼睛走歪路邪路，以免死后灵魂堕落？

为何不说服逝者生前好好"安息吧"，别到处追逐、胡乱生心、自寻烦恼？

为何不鼓励逝者生前精进修行，认识"万古长青"的本来面目，进入不生不灭、寂静涅槃的境界？

逝者直挺挺躺在殡仪馆被告别，生离死别，让生者无限悲哀。何不幡然醒悟，来个刮骨疗伤，主动告别生死？

了生死其实并不难，不过就是趁着自己能做主的时候，提前把自己的烦恼送进殡仪馆，自觉将腐朽的积垢强行剥离，火化掉，来一次华丽转身。

不怕烦恼起，只怕觉性迟。此消彼长，弃旧迎新，这厢烦恼去掉一分，那厢智慧就增长一分。倘若彻底捣毁自我"私令部"，把假我、罪我提前葬送掉，结果就会死去活来，死去的是幻化自我，活过来的是真实本我，是光明觉性，这才算得上在人间潇洒走一回。

我们的世界没有边缘

吾见如是

不邀不争，不躲不避，随所住处恒安乐，这是我推崇的生活态度。

"世界的边缘，正是我的中心。"这话乍听起来，颇有诗意。

这是作家祝勇近日给"有尽的岁月"所写的一封公开信的标题。作家在信中阐述了自己对生命与写作的感悟，他说："在世界边缘，一个人是不需要表演的，因为没有观众。"

在这里，我愿意给作家介绍一位同道中人，她就是香港中文大学出版社社长甘琦。这家出版社精耕细作，不求书籍"畅销"而重"长销"，在华文出版界享有良好声誉。多年来，出版社坚守十六字社训——立身天地，安守边缘，守先待后，不激不随。

以上两位名人我都不曾见面，只是看了有关他们的文字，一时兴起，来个拉郎配。

这两位虽然都声称"边缘"，其实都不算严格意义上的"边缘人"。他们没有被主流所排斥，没被社会边缘化，也没有自我放逐，偏离社会的中心。他们只是摈弃烦嚣，另辟蹊径，为人所不愿为，最终拿出成果，有所建树。

世界就像个大舞台，你方唱罢我登台，热闹非凡。可是，舞台灯光有时太耀眼，刺得人睁不开眼；舞台的声浪可能太喧哗，让人受不了。于是，有的人厌倦了喧闹和嘈杂，情愿退居幕后，洗尽铅华，寂寞颜回，独居陋巷，"不识时务"地默默生活、工作着。

现实世界中，不愿凑热闹的大有人在。躲进小楼成一统，自然而然地，这个小楼很快就将成为自我世界的中心。

世界的边缘真的那么孤寂吗？世界果真有边缘吗？

当下生活，实实在在。数字化生存，世人被格式化成一串数字代码。身份证号、手机号等各式各样的证号代码，无形的网络全覆盖，人难以置身网外。信息时代的世界是平的，各种资讯全方位流动，深刻影响着人类生活，人找准定位，生命便有了无限可能。

我们的身子生活在一定范围区间，只要站得住脚，能心安，就不论穷乡僻壤还是膏腴之地，都是活动的中心，都是生命的福地。

大家都往边缘走，边缘就又成中心了。君不见30多年前，深圳只是个边陲小镇，转眼之间，巍巍然成了现代大都市。

人的内心世界又该当如何？白居易有诗："我本生无乡，心安是归处。"人人心中有个故乡，苏东坡《定风波》词里脍炙人口的一句"试问岭南应不好？却道：此心安处是吾乡"，是对"问君何能尔？心远地自偏"的极好注解。陶渊明为何能如此超凡洒脱？心灵远离尘俗，所处之地自然就幽静偏远了。

一条线段有起始点，一个平面有边界，原野、沙漠、湖泊有边缘。地球没有边缘，地球是圆的，一直往东走可以到达西面。宇宙无垠，边缘就是中心，中心就是边缘，再远都是近，一切在其中。

"边缘"或是"中心"，端看你身心所处的位置。划分边缘与中心，无异于自我设限，生命有了隔阂，人生出现断裂，盲区随之产生。

世上本无边缘。心有边缘，世界就有边缘；心有多大，世界就有多大。

心量放大，直到大而无外，边缘就成了中心。"居庙堂之高则忧其民，处江湖之远则忧其君"，一个伟大的心灵，纳含太虚，无远弗届。

"边缘"或是"中心"，全凭一心而论。"世界的边缘，正是我的中心"这句话，是作家的感叹，不必当真。

不邀不争，不躲不避，随所住处恒安乐，这是我推崇的生活态度。

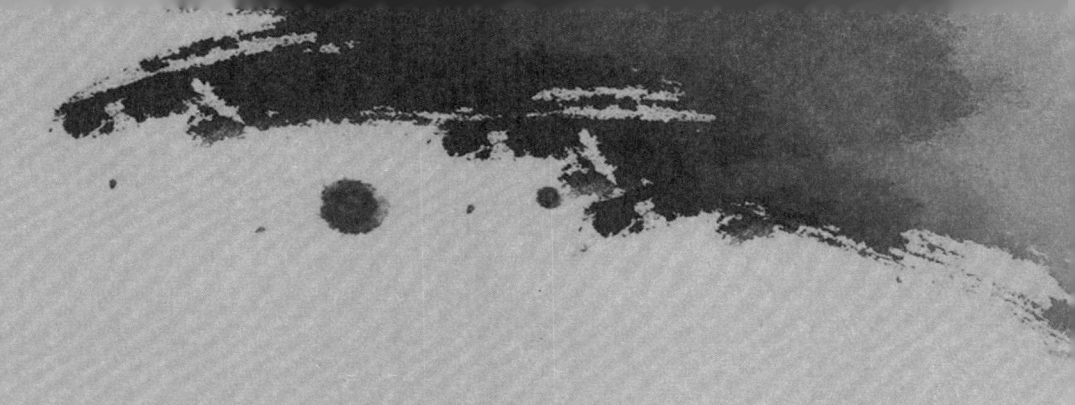

立定精神

面对不确定的世界,"心安"二字变得异常珍贵。心地踏实,定能临危不乱,处乱不惊。关注自身生存状态,祛除烦恼,安住内心,必将成为人类的最高价值。

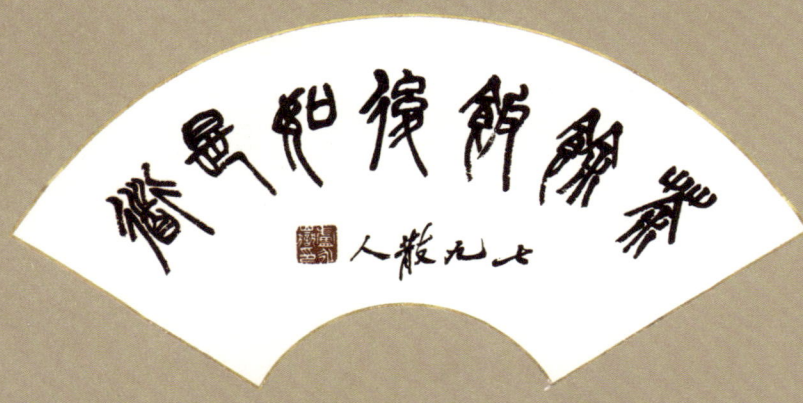

文化学者　七九散人书

七月说鬼

> 无数古圣先贤的英灵已衍化成某些经典、主义、理论,在现实中活生生地与我们对话。

近几天,夜里行走深圳市区新洲河附近的福荣绿道,不时发现路边摆放着整齐的祭品,城中村不少人还在烧纸钱。算了算日子,再抬头望望圆月,我恍然大悟,原来有人在做法事"祭孤"。

农历七月,民间俗称"鬼月",传言此月鬼门关大门常开不闭,众鬼可以出游人间。七月十五叫"鬼节",按乡下的习俗,这个晚上百姓会摆上供品,祭奠游魂。人们相信通过这样"祭孤",可以化解鬼魅怨气,使之免于祸患人间。

七月十五中元节,这是道教的说法。古代将一月、七月、十月之十五日分称上元、中元、下元,上元是天官赐福日,中元为地官赦罪日,下元为水官解厄日,所以中元时会普度孤魂野鬼。

七月十五,又是"佛欢喜日"。当今港台

等地，盛行七月十五过"盂兰节"，佛教称为盂兰盆会。盂兰盆会源于一部叫《佛说盂兰盆经》的佛教经典，"盂兰盆"意思是解倒悬之苦。经中说道，佛陀弟子中神通第一的目犍连尊者，以神通力见其亡母生在饿鬼道，受苦而不得救拔，因而问佛。佛示之神通抵不过业力，当于七月十五日供养十方众僧，以此广大功德，救拔其母脱离饿鬼道。

盂兰盆会之所以流行，深得民心，实乃与中国崇尚孝道、慎终追远的伦常传统不谋而合。它传达出跟布施、谦恭、敬畏、慈悲等相关的情怀，因此很快就由寺院走向民间，由佛教节日成为民间节日。

看来，七月十五这个节与生命、信仰有关，只是气氛有点凄苦。

鲁甸地震发生后，总理亲临灾区，主持现场协调会前率众伫立默哀，追悼亡灵，表达了对生命的尊重。

人们常说眼见为实，这是一种非常狭隘的世界观。生命有可见与不可见的形态，看不见的并不是不存在；相反，看不见的往往会起决定性作用。这不，发源于非洲的埃博拉病毒，眼下正搅得全世界人心惶惶。

关注微环境、微循环的人，大多内心柔软，能与世界建立起正常的伦理关系。

有理论物理学家直言，物理学已进入禅

境，超弦理论阐明物理世界的一种超时空架构。朱清时教授形象地比喻："现实的物质世界，其实是宇宙弦演奏的一曲壮丽的交响乐。"在弦论之中，过去认为是组成客观世界的基本粒子，现在都成了宇宙弦上的各种"音符"。弦论为理解"心物一元"，即意识和物质的统一，开辟了新视野、新途径。

灵魂不灭，精神不死。无数古圣先贤的英灵已衍化成某些经典、主义、理论，在现实中活生生地与我们对话。此时，我们倘若再纠缠于唯心唯物，那是自我设限，跟自个儿过不去。

西方也有个鬼节叫"万圣节"，起源于人们为了赶走妖魔鬼怪的集会。时间流逝，万圣节变得积极快乐起来，成了儿童的游戏日。夜幕降临，南瓜灯闪耀，孩子们迫不及待地化装成各种鬼怪的样子，挨家挨户讨糖吃，Trick or Treat（不给糖就捣乱），到处欢声笑语。

心中无鬼，何必怕神！鉴于鬼节深厚的文化底蕴，建议有关部门赶在韩国人之前，将"中国鬼节"打包申遗。我想，如果国人的眉头舒展一些，再多点幽默感，估计这事能成。

你骂吧，我不受

吾见如是

如果你真认为别人是个"傻B"，那么恭喜你，你心中同样蹲着一个。

我发现了一类人，姑且称之为B族。该族人一个显著特征是：张口"牛B"、"二B"之类的B族语，堂而皇之，大言不惭。

有粤语口音的广府人、会做生意"撞墙"（赚钱）的潮州人、在陆家嘴操上海话的沪上人，统统没文化，唯B族们以正统自居，非我族类，尽在嘲笑之列。

獦獠，是隋唐时期对岭南未开化民族的侮称。当年六祖惠能到湖北黄梅求法时，五祖对不识字的惠能讲："你是獦獠，怎么能成佛呢？"惠能回了一句"人虽有南北，佛性本无南北"，顿时语惊四座。下下人有上上智，上上人有没意智！

就是这个南蛮子，至今端坐曹溪，千百年来受人顶礼膜拜。他传下的《坛经》，闪烁着大智慧的光芒。

现在我知道，"他妈的"是句国骂。但

是，从懂事起相当长时间，我一直当它是中性词，而不是骂人的话。因为我认为这仨字是个定语，"他妈的"后面得跟上主语，意思才完整。

比如说，"他妈的眼睛真大""他妈的气质很好"之类，就是赞美的话，与骂人不沾边。在我心中，妈妈的形象非常美好，将心比心，我不愿意说脏话"问候"别人的妈妈。

大概到了中学毕业后，我才明白国骂涉及女性某个器官。可我自揣，女性生殖器官也是伟大母性的一部分啊，天下英雄皆同一道，皆由此出。请问，您哪来的？推演下去，骂人者最后不就骂自己了？

这样说来，我该是个彻头彻尾的"傻B"吧？只不过，如果你真认为别人是个"傻B"，那么恭喜你，你心中同样蹲着一个。

讲个"牛B"的故事吧。苏东坡与禅师对坐，禅师看苏学士像尊佛，学士却说禅师像堆牛粪，禅师无语。苏东坡喜滋滋回了家，不料苏小妹兜头给了他一盆凉水：禅师心中有佛见你就像佛，你心中有牛粪见别人就像牛粪。

前阵子，有一个"沙逼北京"的报纸标题，引起一片哗然。其实在我看来这个标题就像是一面镜子，照出众生相。责任编辑看到沙尘暴进逼北京，B族人看到心中的"傻B"。你心里有什么就是什么，仅此而已。

套用惠能大师的话，腔调虽有南北，佛性本无南北。"屌丝"也好，"二B"也罢，心里有啥就是啥，心里无啥乐呵呵。

早在1990年，香港歌手黄家驹就创作了一首粤语名曲《光辉岁月》，致敬久陷牢狱的南非英杰曼德拉。准备坐穿牢底的曼德拉出狱后，化仇恨为慈爱，宽恕了严酷的敌人，最终带来南非的种族和解。他公开感谢折磨过他的"二B"狱卒，令他变得更坚韧。老人家留下一句名言："若不能把痛苦与怨恨留在身后，那么其实我仍在狱中。"也许在B族人眼里，这老头真是二，有仇不报，算啥君子？

心已出狱的曼德拉，胸襟博大，不但不受，还能化。因为不被怨恨障蔽，他将烦恼苦厄化解，成就了自己光辉的人格。

别人骂你、害你、打击你，你完全可以做到水过鸭背，全然不受！这个"不受"，并非"我是流氓我怕谁"，也不是愣。

受与不受，就看心意是否解脱。

立法管道德，小道理能否管住大道理

法约束行为，德约束人心。立法管"道德"，小道理管大道理，行不行得通。

《深圳经济特区文明行为促进条例（草案）》已向社会公布，正在征求市民意见。草案规定，乱吐痰、乱扔垃圾等十大不文明行为，将被处以定额罚款。

懂得礼义廉耻，本是做人的起码要求，如今成了美德，而且需要法律规范。属于道德范畴的不文明行为，究竟应否用法律来规管？

"德主刑辅"，自古道德是最高的法律，法律是最低限度的道德。法约束行为，德约束人心。立法管"道德"，小道理管大道理，行不行得通？

深圳市人大常委会希望通过法律引导，对社会道德进行重建。据介绍，由于此法规的立法开创了国内先河，引起法律专家的广泛关注，认为深圳这一探索对全国精神文明建设，有"破冰"般的重大意义。

法律与道德，都是调整社会关系与人们行为的重要手段。法律需要道德的支撑，道德的实行又可借助法律的强制保障。为道德立法有利于促使人们逐渐形成道德自律，将一种道德义务转化为法律义务。

法律具有强制性，这种强制性在立法、执法和守法的各环节中体现，故立法不可轻率，须严谨论证，慎之又慎。立法之后，还有一个守法的问题，也就是要求普罗大众有法必依。最后一个就是执法问题了，必须有种种刚性措施予以配合。

立法不易，执行更难。由谁执法，如何执法？

正在征询的上述文明行为条例，涉及市民日常生活的诸多方面。就目前的城市文明水平和市民整体道德水准来看，如果该《条例》仓促颁行，不难预料，执法人员将会疲于奔命，而且扯皮不断，执法成本之高恐怕整个社会难以负担。

目前深圳所执行的《深圳经济特区控制吸烟条例》，1998年11月1日起就已生效。媒体近日报道，市无烟环境促进项目有关负责人称，该《条例》实施以来，个人罚单从来就没开出过，法律法规变成了一纸空文，落不到实处。该《条例》规定控烟的执法部门为卫生行政执法部门，但卫生监督部门的负责人却表示,该部门的管理职能中并没有被赋予这项执法权。

同样遭遇执法难的还有《深圳市养犬管理条例》。该《条例》自2006年7月1日起施行,但"狗狗问题"至今仍一直困扰着深圳人。有数据显示,2011年前10个月深圳被犬所伤人数就多达近5万,现在这座城市每天照样会有百余人被恶犬咬伤。简单粗放、缺乏执行力的管理和一些不文明的养犬人,让城市的文明形象大打折扣。保障法律实施的强制手段有短板,执法不严,使法律形同虚设,法律庄严无从谈起。

希望通过法律让市民一下子提升道德水平,显然不切实际。人们道德自律的增强,不仅要靠法治,更要靠教育。与其让法律法规成为摆设,不如把更多的政府资源投入到推行道德教育,尤其是公民教育上。通过行之有效的教化,让公民意识深入民心,使文明礼让成为市民的自觉行动,令全社会形成文明风尚。

公民教育就是培养大众对公民身份的认同,提高社会的责任感和认同感,使民众意识到现代公民的权利义务,并积极主动地参与国家和民生事务。

培养合格的公民,这是许多国家的教育目标。公民在社会生活中对各种文明行为的体认，都建基于他们是否接受了良好的公民教育。

当前，道德沦丧、行为失范问题，引发国人忧思。不难理解，其根源之一在于公民教育的缺失、滞后。长辈们接受了残酷的斗争教育，我们本身又长期无法摆脱应试教育的窠臼，素质教育推进困难，根本谈不上通过公民教育实现人自身的现代化。教育观念落后，公民教育缺位，公民意识薄弱，导致现在要祭出法律手段，立法管道德，付出高昂的社会成本。

在我国现有的教育体系中，公民教育的部分要素，也只是当作思想政治课程的附属。目前，各种知识教育和思想政治教育，显然已无法适应国家现代化的需要。我们可以缅怀农业社会自然人的那种状态，但是，"世界公民"时代的到来，对公民身份的趋同认识和对公民素质提升的要求，已经是我们无法回避的现实问题。我们迫切需要公民意识的"启蒙教育"。同一个地球，阳光、空气、水源、气候等等，任何变化，都与每个地球人的生活息息相关，人人无法置身事外。一口痰、一个喷嚏、一袋垃圾，可能就是你所居住城市的传染病病源。

普及公民教育，培育公民意识，塑造健全人格，引导推动这一系列工作，政府责无旁贷。这是现代文明建设的基础工程，也是社会文明的必经之路，在当下的中国，尤其势在必行。

脱敏祛魅 消弭戾气

吾见如是

> 人有慈爱,心就有了温度,就不会被仇恨所障蔽;人有大爱,就能融化坚冰,消弭暴戾之气。

这是一个糟糕的时代,这是一个美好的时代。

中国有礼仪之邦美誉,可四周不时能嗅出暴戾的气味。所幸的是,正义的力量正在上升,历史仍在向前发展。

历史上,中华民族苦难深重,旱涝天灾频发,兵匪人祸不断。从某种角度讲,中华民族的历史,就是一部迁徙逃难史。灾祸临头时,争先恐后逃难,社会矛盾激化后,又屡屡诉诸武力,大兴干戈,以暴易暴,胜者王侯败者贼。碰上那个年头,没有秩序,谈何理性?

从荣格心理学说,我们不难得出解释:暴戾之气进入潜意识,久而久之就沉积为一种人类集体无意识。于是,久积成习,暴力成了群体的宿命魔咒,阴霾戾气不散,一旦条件适合就会沉渣泛起,让历史的悲剧一幕幕重演。

现实中，非理性的悲剧不断发生，许多已经到了惨烈的地步。公众场所一言不合，拳脚相向。大学教授居然在电视节目上演语言暴力，辱骂自己的同胞，众目睽睽之下掌掴长者。在飞翔于蓝天的客机上，乘客可以在机舱内因为一点小事而疯狂厮打。狂砸别人私家车，还振振有词自以为真理在手。警察同事由于工作争执刀子见红、拔枪相向。都市马路上，泥头车横冲直撞，血肉横飞，惨不忍睹。

检视一下我们的历史观，明明是贼匪流寇作乱，严重破坏了社会生产力和固有的秩序，有的"历史学家"非得把它说成是"起义""运动"，整个颠倒是非黑白。

支撑整个社会运行的价值观又如何呢？回顾中国历史，自秦以降，社会大一统，百家争鸣不再，汉武帝更是独尊一家，不容另类异端。自此理性思辨的社会土壤一直贫瘠，直至"新文化运动"砸烂孔家店，除掉了最后一块遮羞布。经过当代"文革洗礼"，人伦五常荡然，国之四维不张，人性罪恶之花野蛮疯长。最后，经济上"一条血路"是杀出来了，但我们也尝到了自酿的苦酒。

社会出了问题，人群烦嚣浮躁；人性出了问题，生活粗鄙扭曲；人心出了问题，言行卑劣乖张。凡此种种，令人担忧，我们的民族生病了。

问苍茫大地，理性何处寻，净土何处是？拿什么化解心中的戾气，拿什么拯救你，我的中华？

心病需心药。让我们放慢脚步，审视自己的内心。

万恶唯心造。治心，从心入手，虽然慢，但治本，没有副作用。

正本清源，把心装入腔子里。自信而非盲从，从容淡定而非焦虑狂躁，这样心朗气清就可以告别暴虐，从而拔除暴戾的根子。

最近，经常听到社会上呼唤理性的声音，"理性"骤然间成了一个高频词。是的，知理不怪，理性可以对治暴力。可是，理性在哪里？怎样才能培养理性公民？

我们确实需要来一次彻底的思想启蒙，脱敏祛魅，回复平静，回归自然，平和理性。

自古以来，中国的士族阶层一直是传承文化、稳定社会的中坚力量。反观时下的知识界，"公知"广受诟病调侃，一部分人兴起了反智、犬儒之风。可见，鼓励独立精神和自由思想，已经刻不容缓。目前，特别需要广开言路，各界努力，共同建立起一种互信的心理机制和社会运行机制，一起叫醒装睡的人。

公民的成长，教育不可或缺。我们必须拿出道德勇气和政治勇气，大力推行公民教育，培养负责任的公民，建立起人与人、人与社会之间新的行为秩序，为建设正常的伦理规范奠定坚实的基础。

我们应该理直气壮地推行爱的教育，培育公民的博爱精神。人有慈爱，心就有了温度，就不会被仇恨所障蔽；人有大爱，就能融化坚冰，消弭暴戾之气。

营造公平正义的法制环境，尊重个人的尊严与权利，让公平正义的力量滋长上升，这是社会建设的应有之义。"我不同意你的观点，但我捍卫你说话的权利。"此外，我们还须进一步明晰个人权利和公共权力的边界。

开放的视野、包容的胸襟、平和的心态，这是合格公民的优良品质。我们不能失去倾听的耐性和说理辩论的能力，需要重塑社会文化心理，注入理性逻辑的力量，真正以大国民的足够底气，去直面现实，面向未来。

"猪宝宝"现象告诉我们什么

吾见如是

> 科学手段被滥用,大家雄心勃勃,开始着手替代上帝的职能。

2007年,"猪宝宝"扎堆生。2008年,"奥运宝宝"又一窝蜂降世。2011年,这波婴儿潮带来了"入园难"问题,到这帮孩子六七岁时,又会引发新问题:入学难。

新学年开学两个月之际,深圳一位小学校长跟我说起"猪宝宝"现象。他们学校现在一年级的各班人数,全部超出上级规定的上限。开学后,老师们又惊讶地发现:"猪宝宝"管教难。

老师们反映,与以往的独生子女相比,被家长当做命根子的"猪宝宝"们,显得更自我,爱哭闹,难以团队合作,他们的家长又特别喜欢投诉。

"猪宝宝"们普遍是独生子女的独生子女。在"4+2+1"的家庭模式之下,他们的爸爸妈妈、四个老人,注意力都聚焦在宝宝身上,这些宝贝疙瘩被爱护得非常周到,以至于慢慢形成了一种感觉："我是世界的中心。"

可是,这个中心是倒金字塔的中心,是"猪宝宝"生命中不可承受之重。

种种因素催生出诸多"怪兽家长",有的为选择孩子出生时间而提前实施剖宫产,有的因胎儿性别原因进行选择性流产,科学手段被滥用,大家雄心勃勃,开始着手替代上帝的职能。

"猪宝宝"现象只是一个缩影,面对严峻的人口形势,很多人忧心忡忡。我们必须尽快从制度层面寻求解决办法,以免积重难返,乃至误国误民。

一个不争的事实是:随着就业压力、生育成本以及教育水平的提高,很多人不愿多生孩子。我国的生育率早已降至更替水平以下,目前,官方公布的数据是1.5。

人力是资源。但是,人口过度膨胀会造成一系列问题,一孩化政策的矫枉过正,又使中国正在掉进"超低生育率陷阱",由此引发的负面影响难以估量。

到2030年后,预测我国60岁以上老人将达到4亿。养老将成为举国上下长期面临的一大难题。怎么办?

20年来,我国出生人口性别比长期偏高,2012年仍高达117。到2020年,将会有3000万以上的男青年无妻可娶,随之而来的同性恋问题，以及由此带来的法律及伦理挑战，我们到底准备好没有？

如今，我国不孕不育发生率，已占到育龄夫妇的15%～20%，还有庞大的"失独家庭"问题，如何面对？

社科院一位副院长近日称，中国可能在两年左右时间内，向所有夫妇放开二胎政策。接着，他又补多一句，放开二胎政策可能不会显著提高生育率。"单独两孩"政策启动实施已近一年，从多地反馈的数据看，提出再生育申请的单独夫妇，比预期要少很多。

"猪宝宝"启迪我们，现在和将来的人口政策，必须经得起时间和历史的检验。

看到独生子女出家难的情况，有位老和尚对我说，以后要把大雄宝殿建在各家各户，让万家生佛，家家弥勒佛，户户观世音。

喜见"草根"冒长

人为地造成社会不公、阶层分化、利益固化，是没有道理的。这样下去的后果十分可怕，必将封闭社会向上的流动性，降低诚实劳动的价值，扼杀草根的努力，窒息社会生机。

阳春三月，莺飞草长。

我们正生活在一个多元纷呈、个性张扬的时代。社会产生了深刻的变革，新的社会阶层不断涌现。

作为十二届全国人大代表的洗脚妹刘丽，用三句话形容2.6亿农民工：农民的身份，干着工人的活，过着流浪者的生活。刘丽慨叹，这种无固定收入、无固定住所的日子，真的非常不容易。

"洗脚妹"坐进了国家的最高"议政堂"，基层代表来到庙堂之上，代表农民工参政议政，反映草根一族真实的生活状态和心理期许。草根逆袭，算得上"庶民的胜利"。

中国的"三农"问题，是个国家层面的大课题。随着工业化和城镇化的不断推进，农业人口纷纷进城打工，"三农"问题似乎在发展过程中逐渐得到解决。

农民工初来乍到，生活在陌生的城市底层，曾被讥为"三无"人员。相比较而言，他们是弱势群体，属于草根阶层。

李克强总理透露，他参加1977年高考，是在田间地头获知被大学录取的消息。其实，近现代中国脱胎于农业社会，究本溯源，我们都是农民子弟。

草根的生命力旺盛，索取少，适应性强，但草根的存在却往往被忽视。总理说，中国的农民，对未来生活的愿望很简单，就是"希望过上和城里人一样好的日子"。很难真正讲清怎样才算善待，我们知道，人是群居的动物，活在世上彼此照顾、互相依存，离开他人，单靠自个儿肯定也活不下去。

话说不清，现象却不难看得明白。春节期间农民工返乡，使不少大城市几乎成了空城，这时候城里人会发现生活突然间乱了套：小孩缺人照看、家居卫生没人搞了、餐馆歇业吃不上饭……

停下脚步，倾听草根冒出泥土的声音，我们可以感悟到草根的存在和草根的奉献，值得尊敬！

"2013年，你缺什么？"这是继"你幸福吗"之后，广大市民热议的蛇年话题。

面对电视台的采访，只读过三年书、靠挑东西谋生的重庆忠县村民郑定祥大声回答："我缺钱不缺德！"道德，这可是当今世上的稀缺宝贝，这位"棒棒"的一句"神回答"，道出了辛勤努力的劳动者心声：用自己的双手，创造美好。

正是小岗村的农民，吼出了新时期改革的先声。历史为中国农民记上浓墨重彩的一笔，他们为经济发展贡献了土地资源、人口红利……所以，有道德支撑的农民兄弟们，能够挺直腰杆说：不缺德。

随着时间推移，已经出现了第二代农民工，草根在茁壮成长。三亿微博用户，不断在善意地表达意见诉求，理性发出草根的声音。网络空间，见证了新一代农民工向公民身份过渡的历史进程。从中我们清楚地看到，草根阶层已是社会经济建设的有生力量，必将会在公民社会建设中产生更加巨大的影响。

草根有成长的烦恼。农民工慢慢融入所在城市，建立起各种新的社会关系，他们已经很难回到原来的山村了，希望就地城镇化，共享社会经济发展成果。草根盼望广阔的舞台，享有人生出彩的机会，但是，现有舞台的台柱子并不牢固。在城市里，草根仍有漂泊之感，他们希望学有所教、病有所医、住有所居、老有所养。

吾见如是

大量农民工介入城里人的生活，早已是不争的事实，每天都在我们身边发生着，不管你承不承认，不管你接不接受。

草根需要冒生的通道和公平正义的环境，公民一律平等是文明社会的应有之义。以出身、户籍的不同而将公民分个三六九等，人为地造成社会不公、阶层分化、利益固化，是没有道理的。这样下去的后果十分可怕，必将封闭社会向上的流动性，降低诚实劳动的价值，扼杀草根的努力，窒息社会生机。事实一再证明，以损害基层利益换来的发展，是不可持续的，也是缺德的。

春节假期在回深圳的飞机上，我的邻座是位首次坐飞机的中年妇女。飞行途中，她想上洗手间，但不知道如何把扣上的安全带解开。请我帮忙时，她的眼神里带着一分羞怯和不安。我在想，这位到深圳务工的妇女，不到一分钟就学会解开安全带，可是我们城里人，要想学习她身上的那分真诚质朴、刻苦耐劳，恐怕没有那么容易吧。

日头落水,乡关何处

中国农村,蕴涵着民族的血脉基因。很难想象,若农村被消灭了,而令人信服的主流价值体系又建立不起来,我们到底根系何处?

"日头落水",有的朋友可能不明白这是什么意思,可这句话四个字,却意味着我童年时期一段快乐的时光,于今而言,依然是个绚丽的梦。

说太阳下山,大家都知道,傍晚来临,天快黑了。我的家乡在平原地区,地处鱼米之乡,河道纵横交错,少见高山又近海,西边的太阳下坠,往往是沉入水里。

所以,我们老家人管太阳下山叫日头落水。此时热气渐退,昔日里正是我们一群野孩子泅水嬉戏、摸鱼抓虾的大好时光。

我的家乡在粤东海丰县陶河镇港口村,海丰县的母亲河——黄江从村旁流过,注入红海湾,我们村里有座声名显赫的古民居,叫"樑美楼"。

樑美楼,是一座俗称"五马拖车"形制的

古建筑群，建于乾隆年间。大宅占地面积2363平方米，面阔五间，两列附厝，四角建立碉楼。整座建筑分为四进，有四个厅堂、四个凉亭、九个天井，最大的天井近300平方米，总共有厅房64间，大小门99个。樫美楼具有非常鲜明的岭南建筑艺术风格，融合祠堂、住宅于一体，前天井两侧的"文武亭"，分别作为学习文化和练武强身之用。

童年时，我曾在正座厝主楼生活过近两年。祠堂里设有学堂，由乡贤教导，我在那里接受了一年多的学前启蒙教育。至今记忆犹新的是下雨天，后天井十龙归池的雨瀑，美不胜收。樫美楼，恰似一座梦幻庄园，64个厅房犹如迷宫一样，生活在古楼里的小朋友们最快乐的事情莫过于玩捉迷藏，以及在凉风习习的夜晚听老人们讲戏剧故事。

樫美楼不仅是一座凝固的建筑艺术，也是一个时代、一个族群的文化思想和生活方式的缩影。细心品读樫美楼，自然而然会对乡村历史民俗文化生发敬重之情。现在，樫美楼已被列为海丰县文物保护单位、广东著名旅游景点。

近日，清明回乡祭祖，我看到樫美楼保存完好，风物依旧。可是，望着港湾那发黑的河水，却恍若隔世，连洗脚都觉水脏，这是我少时游泳的地方吗？

"农民真苦，农村真穷，农业真危险。"与乡亲们聊天，面对家乡被遗忘、遗弃的现实，我慨叹春风不度，心底冒出了一个字——"失"。

失血。资金被抽走，农民只是维持简单的农业生产，有知识的能人外流，新农村建设后劲乏力。

失范。礼教缺失，道德沦丧，文化生活极度贫乏，小偷横行乡里，乡规失去了约束力，而警力阙如。

失态。生态受到破坏，河水污染，家居卫生环境恶劣，土壤肥力下降。从前，家乡农业灌溉用水，直接来自海丰县最大的公平水库，后来水库水改供城镇居民生活，农业用水只能望天打卦，种种因素导致港口村的名优产品"陶河黏米"品质下降。

失修。水利设施、村舍危房失修，公共娱乐设施修建，更是无从谈起。

失衡。在人口锐减的同时，农村人口比例严重失衡，大量强劳力外出谋生，剩下老弱病残者守着故土。

失医。全村没有一名医生，求医不易，小病拖，大病挨，一人生病全家致贫。

"旧型城镇化整个是由赚取土地差价推动的，"著名经济学家吴敬琏日前说，"这些年来，大概从这个差价得到的收入有不同的估计，最低的估计30万亿。"

吾见如是

悬殊的土地价差，催生了新的社会不公。社会资源大量向城市集中，市政设施快速上马、公共服务逐渐完善，与此同时，广大的乡村却走向没落凋敝。故乡，是我们的精神家园，可是已经回不去了。

城市化、城镇化，如火如荼地在神州大地推演着，可是，城市病一旦发作，很不好玩。为了治堵，近日广州公布了限制外地车辆通行的草案，于是人大代表放炮了："广州不能因一己之私搞乱珠三角。"乡下回不去了，那就进城讨生活，兴冲冲揣着城市梦往城里赶的乡下人，冷不丁会发觉，与乡下老宅子比起来，城市的门槛也挺高的。

前阵子，有专家高谈阔论："解决农村的问题在于消灭农村，解决农民的问题在于消灭农民。"中国的农村，蕴涵着民族的血脉基因。很难想象，若农村被消灭，而令人信服的主流价值体系又建立不起来，我们又到底根系何处？

虽经历史嬗变，中国农村基本上依然长期存有淳朴的古风，地方乡绅精英自觉维系着堂堂中华的文脉。可是，当前农村的种种状况表明，孕育中国文化传统的土壤逐渐流失，中华文化危矣。

"希望本是无所谓有，无所谓无的。这正如地上的路，其实地上本没有路，走的人多了，也便成了路。"这是鲁迅先生短篇小说《故乡》里的名句。闰土已非当年的闰土,《故乡》所讲的正是辛亥革命之后十年间,中国农村走向衰败、萧条、日趋破产的情景。

"崖山之后无中国,明亡之后无华夏。"处在"三千年未有之大变局"的时代关口,我们真的回不去了。

日头落水,站在故乡的黄江边,望着河面上疯长的水浮莲,我吟起了唐代崔颢的诗句:日暮乡关何处是……

你遇过多少个我

吾见如是

假我层出不穷，经常捣乱，而那个"我"又捉摸不得，你不知道哪个是真正的"我"。人的一生，不论遇到多少个"我"，心底深处总有一个声音最真实，这个声音传递着原始本我的内生动力。

"若要人似我，除非两个我。"小的时候，长辈们经常教导：要学会宽容，不能苛责于人。

在常人眼里，你就是你，世上没有第二个"我"，否则，便有精神病之嫌。

近日，读到一篇文章，是作家丁燕写的《2013年，两个我》，作家说自己身上一直都有"两个我"：肉体的我和精神的我、故乡的我和异乡的我、抒情的我和纪实的我、孩子的我和成人的我，直到2013年，"我"达到了绝对的分化。

最后作家写道，每一个我都是不可分割的，它们的集合体，才是真正的我。

不同的"我"加在一起，就成了真我，是

这样的吗？

人扮演多重角色，多个"我"亦幻亦真，互相纠缠不清，让人感到困惑。

"我"，是区别于其他生物的存在，人之为人，一定有个自我意识。发现真我挺难。难就难在假我层出不穷，经常捣乱，而那个"我"又捉摸不得，你不知道哪个是真正的"我"。人可贵之处在于找到真正的自我，活得有个性，活出生命的精彩。

发现自我并能把握住，实属不易。如果再跟自我过不去，还要泯灭自我，这算是哪门子事呢？

我们且听作家韩东如何评价诗人杨键。韩东说，杨键的诗歌，完全不是以文学甚至诗歌为目的的，诗歌乃是杨键的工具，并非为了自我表达，而是为了泯灭自我，在更高的层面上"诗言志"。诗人杨键因置诗歌写作于虚无的境地，而成就了辉煌质朴的诗歌。

《南都周刊》曾发表过一篇文章，标题叫《记者柴静和另一个"柴静"》。柴静透露，通常智力不能抵达的时候，会跟自己说，你得信任一下那个"柴静"，"她"更接近直觉，"她"比柴静更对。

柴静说，风格往往是阻碍自己通往真实之路的东西，所以要卸下。一定要卸下之前的采访经验，把各种技能上的蒙尘抖掉。

吾见如是

有个醉心于快走的朋友曾告诉我，走到一定境界会把自己走丢，这个时候简直就像足蹬风火轮，逍遥极了。

梁启超是中国近代思想史上的百变式人物。他有句名言："以今日之我，攻昨日之我。"梁启超一生"流质善变"，他没有像老师康有为那样拘泥不化，而是"苟日新，又日新"，不断拆除人生的各种壁垒。

当代杰出的法国思想家福柯，也是一位"善变"的哲学家，用他自己的话说，就是要不断地"摆脱自我"。他从不讳言自己思想的转变，"不要问我是谁，也不要要求我保持不变"。

人生往往被知见所束缚。自我反省，常常是自我否定，只有否定过去，才有可能继往开来，在更高的层面上泯灭自我，亲近那个不事雕饰、天真烂漫的真我。滴水汇入大海，个性融于共性，舍我就能融入，若问解脱先忘我。

前些日子，我到弘法寺拜见印顺大和尚，看见他迎来送往事务繁多，我向他道了辛苦。大和尚却给我开示，随顺众生。大和尚了不起，把心搁在了大雄宝殿，身子出来随缘接物。

人的一生，不论遇到多少个"我"，心底深处总有一个声音最真实，这个声音传递着原始本我的内生动力。

甲午风云 家务风云

困难困难，心被困就是难；出路出路，心出牢狱总会有路。"心安"二字，异常珍贵，安住心安，万事大吉。

2014年为甲午年，是个非常不寻常的年份。

今年是全面深化改革的"元年"，攻坚克难，势所难免。李克强总理在政府工作报告中指出，改革是今年政府工作的首要任务，今年要推动重要领域改革取得新突破。

甲午风云，革旧鼎新，一场新的变革即将展开。

《甲午风云》是20世纪60年代拍的电影，这部电影重现了120年前中日甲午海战的历史。

当年的甲午风云，带给中华民族空前严重的危机，中国社会曾一片愁云惨雾。

甲午与"家务"谐音，换个角度，甲午风云可以说成家务风云。

夫子志在《春秋》，行在《孝经》。这个孝，是儒家伦理的重要基石，它并非单指狭义的子女对长辈的孝顺。《孝经》里所讲的"孝"，贯穿于人的一切行为之中,不同阶层人士,各有其行孝的准则。

家务风云的"家",也并不仅仅是日常所指的家庭单元。

从说文解字来讲,家是个会意字,"家"从"宀"从"豕",即头上有屋瓦,地上养着猪,这便是家。

中国人的幸福生活,有一套世俗标准,简单说来就三个字指标——福、禄、寿,以个人利益得失评判祸福。"老婆孩子热炕头",这是传统小家子的幸福生活。帝王之家则是家天下,顺带地,母仪天下就是女人的最高成就。

实际上,个人安身立命之所,应该延伸到家庭、社区、族群、社会,以至于人类居住的地球,这些都是不同格局的"家",都需要看护。放眼望去,风起云涌,如今各种家务事,十分棘手。

当下,"家"的价值多元,基础不稳,小到个人内心焦虑,大到国家民族的利益诉求、意识形态之争,不同信仰无法回到原点,共生、共存、共融,宗教冲突不时发生。凡此种种,危机四伏,"家"已无法让人省心。

透过某些血腥的暴恐场面,我们看到人性的沦丧,暴徒被仇恨蒙蔽、裹挟而丧尽天良,走向极端。细究起来,人心就是乱源,扭曲的内心,就像亚马孙河上的蝴蝶翅膀,可以造成龙卷风，引发滔天的罪恶。

困难困难，心被困就是难。出路出路，心出牢狱总会有路。

我们正处于一个大变革时代，显著特点是人生活在世界上，而不是生活在个体小家。面对日益不确定的世界，自性风云激荡，"心安"二字，变得异常珍贵。关注自身生存状态，祛除烦恼安住内心，必将成为人类的最高价值。

家务风云源自心底风云，内心平静，世界就安宁和谐。看好自个儿的心灵家园，心地踏实，定能处乱不惊，临危不乱。自性家务风云，不外一心，既风云变幻又风平浪静，无边风景，应有尽有。

安住心安，万事大吉。

今年是甲午年，按干支历法逆推，去年是癸巳年，前年就是壬辰年。再八卦一下，壬辰与"人神"谐音，癸巳又与"鬼死"谐音，人成神、鬼死了，便剩下清明一途，就该出神入化、超凡脱俗了。

开言路 启民智

吾见如是

> 相对于日本启民智、开言路的做法,当时的大清国却麻木不仁,觉醒者的思想被认为是"学鬼蜮伎俩,有伤国体"。

时过两个甲子之后,关于甲午战争的败因,中国不少学者还在孜孜不倦地探索着,继续连篇累牍地在报纸上"殇思"。

甲午战争,是中国历史上非常不堪的一幕,大清国的败象早就明摆着,至少120年前的日本人是异常清楚的。所以,日本人才胆敢以"国运相赌",举国走上侵略扩张之路,以"蕞尔小邦"进犯"天朝上国"。

明白当年日本人为何认定胜算在握,自然知晓大清失败的原因了,以此自省,办好我们中国的事便是上策正途。今天,如果有人还在继续"潜心研究"大清战败的原因,不是在耍流氓,就是太OUT(落后)啦。

甲午战争前,日本民间学术界对华侵略的策略体系已经形成。

幕府末期,日本对外扩张理论的先驱吉田

松阴，只活了29岁，此人武士出身，为日本指明了强国扩张之路。先"收琉球"，再伺机"收满洲，逼俄国，并朝鲜，窥清国，取南洲（东南亚），袭印度"，就是这名兵家传人臭名昭著的主张。

《脱亚论》的作者福泽谕吉，被称为"日本近代最重要的启蒙思想家"。他的身份是私塾先生与民间报人，如今，他的肖像印在了日本面额最大的纸币上。

福泽谕吉以"大日本帝国"的优越感看待中国，指出中国"将二千余年前，尚处于未开蒙昧时代之古圣人语录，定为管束人间言行之万世不易之规则"，认为大清帝国已变成冥顽不灵的国家。

德富苏峰也是个报人，对日本的国民精神影响殊深。他鼓吹"大日本膨胀论"，断言日本必须抓住机会"海外雄飞"，对外发动侵略战争。德富苏峰坚定认为，当时的中国必定失败，他分析中国失败的关键在于"没有统一的国民精神、没有统一的军权、没有统一的财政"。

日本民间思想家凝聚起上下共识，使日本成为一部高效的战争机器。相对于日本启民智、开言路的做法，当时的大清国却麻木不仁。

资料显示，徐继畬因为撰写《瀛环志略》，

被扣上崇洋媚外的帽子；郭嵩焘介绍西方国家政治制度的《使西纪程》，被列为禁书；黄遵宪刻印《日本国志》无人问津。这些觉醒者的思想，被认为是"学鬼蜮伎俩，有伤国体"。

《马关条约》谈判期间，吉田松阴的学生、日本内阁总理大臣伊藤博文对李鸿章说："十年前，我在天津时曾同大人谈过改革问题，为什么直到现在，还没有一件事情得到改变或改进呢？"

李鸿章"以一人敌一国"，在自称为"中国的德富苏峰"的梁启超看来，像伊藤博文这样的人，在日本成百上千，而"中国之才如李某者，其同辈中不得一人"。

西南联大教授刘文典抗战胜利前夕，在报上发表了《日本败后我们该怎样对他》一文，强调"有一点却不可不据理力争，就是琉球这个小小的岛屿必然要归还中国"。他说，"切不可视为一个无足轻重的小岛，稍有疏忽，贻国家后日无穷之害"。

只可惜，这个建议没有得到国民政府的重视，果真贻害无穷了。

直下擔當

直下肯定,直下承担,这里就是真实,这里就是高明奥妙。难能可贵,如果能在现实生活中担当道义、奉献社会、服务大众、积累善行去建立自己的道德支撑,你就是大人相,就有了贵气。

中国佛教协会副会长　印顺题

提振"士"气

人生有如端杯喝茶,不断地拿起放下,这种否定之否定,是生活的辩证法。两手空空先得拿起,止戈为武,前提是尚武。

茶友问我最近为何较少参加茶聚,我如实招供,品茶费神,端着茶杯又嫌累,不自在。至于老兄您,首先得把茶杯端起,两手空空,就先别谈放下了。

喝茶既有趣又枯燥,老重复一个动作,就是拿起茶杯又放下,不停反复。想来人生亦如品茶,也是在不断拿起放下,这种否定之否定,是生活的辩证法,人生就是这样不断成长,走向圆满。

治国用兵,其理一也。

《司马法》是我国古代一部奇书。这部兵书有一个非凡之处,就是提出以战止战:"国虽大,好战必亡;天下虽平,忘战必危。"止戈为武,前提是尚武,这是大智慧治国理念。这样才能凝聚起坚忍不拔、无坚不摧的国民意志,锻造出来的国民精神气质从容大度,国家强大而自信。

看到一则新闻，义士崔永元又失眠了，这次是因为招远凶杀案。

小崔的微博说道："今晚真的睡不着了，因为我看了视频看到了凶手看到了围观者听到了女人的惨叫。如果我在场我会冲上去吗？大概不会，因为谁也不会相信一生里会遇到这样的场面。我们不冲上去，我们还能给自己找到足够的理由，这就是我们吧？我们是什么时候因为什么变成了这副德行？"

其实，不需要人人都当英雄，当下所呼唤的是人之为人的本心，同类相怜的悲悯。这种与生俱来的良知，万万不可被泯灭。

中国的经济发展取得了举世瞩目的成就，相比之下，精神方面、国民素质方面仍是短板。文化部部长蔡武日前曾说道，我们的国民还缺少点精气神，缺少面对重大危机时能够从容应对、挺身而出的精神。

"天行健，君子以自强不息。"本来，中华文脉里有的是积极向上的基因，我们拥有昂扬向上的民族性格，路见不平，拔刀相助，何等豪迈。华夏大地慷慨悲歌、侠肝义胆之士灿若星辰，荆轲刺秦王，"风萧萧兮易水寒，壮士一去兮不复还"。文天祥抗元，"人生自古谁无死，留取丹心照汗青"。

历史上，华夏民族屡遭外族奴役，这种"士"气逐渐褪去。曾几何时，"士"又被当作封建士大夫意识残存，遭到批判否定，国人身上高贵的人格几乎不复得见。

怎样做才称得上"士"？子贡曾向孔子提出"何如斯可谓之士矣"的问题，孔子回答说："行己有耻，使于四方不辱君命，可谓士矣。"这句话指出"士"除了要以道德上的羞耻心来规范自己的行为，还要有实际的办事才能，内圣外王，这两方面统一了，才是合格的士，才是一名完美的儒者。

中国历史文化的这种积极因素影响到日本的武士道。日本古学派的始祖山鹿素认为，武士道的最高准则，就是孔孟主张的"杀身成仁""舍生取义"。

梁启超曾经目睹日本国民踊跃参军的场面："亲友宗族把送迎兵卒出入营房当作莫大的光荣"，军人莫不"祈祷战死"。

岁逢甲午，狼烟犹在，尚武精神，魂兮归来。

"志士仁人，无求生以害仁。"士不可以不弘毅，任重而道远，让我们都活出中国人的精神头来。

吾见如是

让自己高贵起来

常言道：够用是富，不求是贵。在我看来，难能可贵，能行人之所不能，能承担责任，才是真正的贵。

有电商网络约架，高调宣布打价格战，这不过就是一种商业炒作。随着媒体的推波助澜免费宣传，这种推销手法变得煞有介事起来，很像是那么一回事了。

随后有报道说，电商价格战首日"比贱"，次日开涨。消费者缓过神发现，电商口惠而实不至，所谓的价格战似足一场"眼球秀"。

这场秀的其中一个细节，确切说是一句话，是某电商CEO转发的一个股东的一句话：我们除了有钱什么都没有！你就放心打吧，往死里打！

穷得只剩下钱。很凶很露骨，毫不遮掩避忌。

穷得光剩下钱，其实蛮可怜，充其量也就是个有钱人而已。

由此，我联想到因制作"百富榜"成名，

被网友戏称为"榜爷"的英国人胡润，最近出席一个论坛时直言，中国富豪富而不贵。

常言道：够用是富，不求是贵。在我看来，难能可贵，能行人之所不能，能承担责任，才是真正的贵。

就像近日登上钓鱼岛的保钓勇士，他们无惧风险挺身而出，孤舟赴义承担起保卫国土、宣示主权的国民责任，展示民间力量。他们可能并不富裕，据说船的维修费还是靠募捐得来的，但这并不影响其高贵形象，在很多中国人心目中，这些人有担当，他们就是保钓大英雄。

金钱无疑是重要的东西，只不过在生活中还有别的东西比金钱更重要。所以，我们提倡坚持更高价值。

人无德不立。随着社会经济发展，当下国人多数已是衣食无忧，可现实中，我们却因为价值观扭曲、责任感缺失而备受诟病，被讥富而不贵。

对于崛起中的中国富豪，胡润观察到一个趋势："中国富豪都想变成新贵族，这一代富豪希望追求一种身份、智慧和责任。"

一个高贵的人一定是情趣高雅、志向高尚，同时有能力、有担当，广行布施，从而获得世人的尊敬，绝不是自己给自己贴上标签，自我标榜。

德兰修女一生行善，帮助受苦受难的人。她照料过无数传染病人，令人惊异的是，她从未因此受传染。正是因为伟大的人格力量，使她的免疫力大大强于常人。德兰修女是人类善良、怜悯、仁慈等优秀品质完美的化身，赢得世人广泛赞美，还获得了诺贝尔和平奖，印度为她举行了国葬。

道德有感化力，可以抚慰心灵，导人向善。"80后"深圳女孩、志愿者孙影5年间11次奔赴贵州支教助学，她的感人事迹在全国产生强烈反响，当选为全国道德模范。孙影在回忆到北京参加全国道德模范表彰庆典时写道："我有幸结识了来自全国的道德模范。那是一场心灵的洗礼，其中令我最难以忘记的是一位老模范，他的眼神、神态泛出人性的光芒，即使不开口说话，那种从内向外散发出的良善我仿佛都能感受得到。"

城市里矗立着一栋栋巍峨的摩天大楼，我们还应看到，建起这些大厦的同时也产生巨量的建筑垃圾，消耗了大量资源，破坏了环境，这种负面因素的影响力不可小觑。这笔账若细算起来，可能就是表面光鲜，内里缺德亏空。资本原始积累的过程同样如此。所以我们有必要重新确立新的价值观，清除垃圾，再生利用，消除负面影响，生成正能量。

公民意识、公民责任等，都是积极的、入

世的。我们需要做的还有很多,还有相当长的路程要走。如果能在现实生活中担当道义、奉献社会、服务大众、积累善行去建立自己的道德支撑,你就是大人相,就有了贵气。

洗洗吃，能否求得心安

> 以麻痹内心来消解外来压力，是懦弱逃避。比起外界的压力，内心的坍塌更加可怕。

"洗洗睡"，是一句流行语。因为对一些事想不通，也解决不了，于是干脆把头埋进被窝，权当事情没发生过，认为闭上眼，世界就不存在了。

洗洗睡着了，还没回过神，冷不丁儿，"洗洗吃"又闯入当下大众生活。

某天与一帮"吃货"下馆子，餐桌摆着用胶纸密封的"消毒餐具"，每件收一元费用。我打开一看，杯具湿漉漉，隐约还有污渍，同伴说了句"洗洗再吃"，便不管茶壶泡的是上等岩茶，端起来就淋，给消毒餐具"消毒"。沉檀龙麝当柴火烧，真是"杯具"啊！

时下到餐馆就餐，极目所见皆是洗洗复洗洗。照这个势头看，"洗洗吃"已然成为部分人的生活方式。

按正常商业伦理规则，顾客掏钱消费，店家提供干净的食品餐具，客人享受应有服务。"洗洗吃"的荒诞之处在于，脏东西可以摆上餐桌。食客干起了侍应生的活，自己动手洗碗，最后还得付上餐具使用费。

由于缺乏信任，社会运营成本大幅增加，单单"消毒餐具"一项，就衍生出水资源、塑料处理等一大堆环保问题。打着饮食卫生旗号而来，又屡被媒体曝光卫生不合格的"消毒餐具"，虽然广受诟病，却依然故我，充斥餐馆的饭桌。

商家和消费者的关系，就这么扭曲着，说不清是潜规则还是显规则，大家心照不宣，你收你的费，我"洗洗吃"。对食客而言，不管是否干净，都得这么涮几下，至于能否彻底消毒，就不在考虑之列，于是唾面自干，我洗故我净。

我不明白"洗洗吃"的内在逻辑。有"吃货"告诉我，洗洗吃，理虽不得，却能求得心安。

我晕！没有诚信，处于极不确定的环境氛围里，真能心安吗？彼此见怪不怪，无可奈何，互相欺骗，连自己也骗，简直就是自欺欺人。大家"洗洗吃""洗洗睡"，继续沉寂下去，最后就是可怕的死寂。

商业资本继续着它的傲慢，消费者继续缄默，社会底线继续被拉低，呈现出来的就是个病态社会。

在涉及自己切身利益时选择沉默，以麻痹内心来消解外来压力，这是懦弱逃避。比起外界的压力，内心的坍塌更加可怕。

不尊重契约精神，没有尊严的生活，就没有社会的公平正义，这样的民族没有前途。万马齐喑究可哀。捍卫消费者权益，履行相应道德义务，是大家对荒谬的规则说"不"、对欺骗大声说"不"的时候了。

据说，在美国波士顿犹太大屠杀纪念碑上，镌刻着一位叫马丁的德国新教神父的诗句。在此，我愿意重温他留下的忏悔之语："起初他们追杀共产主义者，我不是共产主义者，我不说话；接着他们追杀犹太人，我不是犹太人，我不说话；后来他们追杀工会会员，我不是工会会员，我不说话；此后他们追杀天主教徒，我不是天主教徒，我不说话；最后，他们奔我而来，再也没有人站起来为我说话了。"

求真务实，告别差不多先生

圆通是通达实相之后的圆融无碍，是智慧解脱，绝非浑噩糊涂之辈的粗疏空泛、麻木不仁。

日前闲坐，脑际突然冒出差不多先生的形象。

胡适先生写过一篇寓言，叫《差不多先生传》。差不多先生苟且任事，一生糊涂，至死不悟。他生前最后一句话是"活人同死人也差不多"。

香港立法限购奶粉，3月1日起生效，内地三聚氰胺事件后遗症可谓深远。胡适说差不多先生是中国人的代表，按照差不多先生的说法应该是："洋奶粉同国产奶粉也差不多。"国产奶粉为何这么灰头土脸？

新华社评论此事说：我们应讨论其根源，作为全球第二大经济体，为什么连一罐放心奶粉都造不出来？吃别人家奶长大，中国孩子的悲哀！

回头想想自个儿，喝不上国产的放心奶，

每每闻着别人家奶味,也够悲哀的。

2008年,三聚氰胺毒奶粉事件曝光,有关方面无法再"捂、瞒、掖、藏、赖",多位高官随之问责下马。但是,据《瞭望东方周刊》报道,事后成立的三聚氰胺事件赔偿基金,运作情况成谜,相关行业组织称之为"国家秘密",不适宜对外公布。真可怜了那些大头娃娃、结石宝宝,以及他们的爹妈。

再后来,市面又陆续出现了问题奶。诚如新华社评论所质问的,乳制品行业认真吸取三鹿事件教训并改进了吗?质监部门履行其义务了吗?

"已有的事,后必再有;已行的事,后必再行。日光之下,并无新事。"正应了《圣经》里的这句话。

恨不昨日改,留作今日羞。

三鹿奶粉事件,让中华民族付出了惨重代价,事件至今得不到深刻反思。今日国人纷纷跑到境外抢购奶粉,遭人家白眼,三聚氰胺遗毒远未肃清,可见一斑。

近日,某些地方挖深井往地下排污的传闻,又在刺激着大家的神经。

2006年开始,一场耗资10亿元的土壤污染摸底调查在全国展开,然而,调查结果却成了"国家秘密"。对于环保部拒绝公开全国土壤污染信息,有评论认为,环保部有把国家秘密作"挡箭牌"之嫌。因为土壤污染状况数据,关系到公民的生命健康和居住环境安全,涉及公众利益,公众应该有知情权。公布实情,或许能够引起公众警惕,通过全社会的努力,遏制土壤进一步受污染的趋势。

"影响稳定""涉及秘密"等语焉不详、牵强附会的理由,往往成为拒绝公开的借口,我们一次次轻易放过了可能改过自新的宝贵机会。

鲁迅先生曾经说过:"中国四万万的民众害着一种毛病。病源就是那个马马虎虎,就是那随它怎么都行的不认真态度。"今天读来,鲁迅的话,仍然振聋发聩。

与深圳隔河相望的香港,正在进行一场撞船意外调查。事故发生在南丫岛附近海域,共造成39人罹难。由于惨剧导致严重伤亡和引起公众强烈关注,香港特首提议成立调查委员会,就确定事故的起因以及香港海域航行安全展开调查聆讯,调查委员会由有高度公信力且独立于特区政府的人士出任。

这次事故听证调查开放给市民自由旁听,聆讯不涉及裁定刑事或民事责任,其目的在于查明原因,分清责任,吸取教训,警示后来人。

还是在香港,造成8名香港人死亡的2010年马尼拉人质事件发生后,香港死因裁判庭开庭，对惨剧进行了死因聆讯，共传召150名证人，陪审团最后一致裁定8名港人死于不合法被杀。

事后，香港特区政府对菲律宾发出黑色旅游警示，至今仍然生效。在黑色等级下，香港旅行社停办赴菲旅游。菲律宾政府再三要求香港解除对菲的黑色警示，未果。

以科学严谨的态度直面问题，查出真相，这个过程或许会暴露出诸多的残缺不堪，但因为真实，终究会归依于善。

胡适先生学贯中西，笔力雄健，讽刺中国社会那些处世不认真的人，入木三分。胡适曾在文中写到，差不多先生死后，大家却都称赞他样样事情看得破，想得通，是一位有德行的人，还给他取个死后的法号，叫他做圆通大师。

圆通是通达实相之后的圆融无碍，是智慧解脱，绝非浑噩糊涂之辈的粗疏空泛、麻木不仁。未曾拿起是没有东西可放下。经云："人者，真也、正也，心无虚妄，身行真正，左（撇）为真，右（捺）为正，常行真正，故名为人。"

常行真正，见伪则揭，见恶则争，见善则扬，见贤思齐。果如此，断不致出现胡适先生所担心的"人人都成了一个差不多先生——然而中国从此就成为一个懒人国了"。

各有前因莫羡人

各行各业、各色人等，各归其类、各从其道，是法住法位，天下太平。人人"自我"点，世界更美好。

阿里巴巴在美国成功上市，马云一跃成为中国新首富，引发万众热议，其热烈程度，就好像看客们自己做了首富似的。

马云关你什么事？

诚然，包括阿里巴巴在内的互联网企业，颠覆了传统商业模式，进而改变了大众的生活方式，马云由此与大家的生活，多多少少发生了一些关系。

然而，马云真的关你什么事吗？

没有关系。阿里巴巴的网络平台，只是生活中可选择的支付工具之一，也就是需要时用一用罢了。用完就该放下，工具不能当饭吃。临渊羡鱼，不如退而结网，我们还是要先做好自己的事。

因缘际会，马云凭借自己的本事，创造了一个虚拟的交易平台，获得众多商户和网友认可，合力把这个平台做得相当大。马云在社会人生中扮演着"超人"的角色，他的创业精神值得我们学习，但他的成功难以复制。

"超人"也是人，犹记得2008年金融危机来势汹汹，经济形势十分不妙，面对发展难题，马云也曾苦恼过，闭关多日，苦思突围解困良策。

人生大舞台，每个个体都有价值，都是独特的。我们各自承担相应责任，各有各的精彩。

首富与普通人，在做人的本质上并无区别。称职的家庭主妇与大学教授，人格上平等，同样应该获得尊重。国内有的城市一把手长期空缺，但城市整体运作正常，并不受影响。针对这种情况，有网友调侃，相对于一把手，城市清洁工的工作更为重要，要是没了清洁工，几天下来，就可能垃圾围城。

人生各有使命，各有前因莫羡人。我们需要找准自己的目标定位，实现人生的最大值。我们也要特别警惕有人借公之名行私之实，以集体的名义，冠冕堂皇地大售其奸。

欧阳修写过一篇《卖油翁》的寓言。故事讲道，陈尧咨"善射"举世无双，可是卖油翁的绝活是倒油不沾钱孔，你"善射"了不起，但我善"酌油"，大家扯平。

照看好自己的内心，千万别让它跑了，别

人的事，跟自个儿没有太大关系，整天东张西望，到头来难逃两手空空。

各行各业、各色人等，都把自己的分内事做好做绝，做到极致，做人做事也就算成功了。无数个体构成的社会，整体也就会和谐发展，兴旺发达。这样各归其类、各从其道，是法住法位，天下太平。人人"自我"点，世界更美好。

做人，说简单也很简单。遵时守位，知常达变，活在当下就好。其余的交给上帝，上天自有安排。

所以，在阿里巴巴成功上市之际，让我们大声说句：笃定做回自己，坚定走自己的路。

没有做好自己，马云式的光环与你永远没有关系。

谁把我们推向火炕

吾见如是

> 如果文脉已断,那麻烦大了,中国人的身份认同怎么办?

韩国人这回把中国人推向了火炕。

是火炕,不是火坑。

日前,韩国媒体报道,韩国欲为暖炕申请世界文化遗产,他们唯一担心的是,拥有火炕生产技术的中国,很有可能成为韩国申遗的主要障碍。为抢在中国前面,韩国媒体呼吁,必须加快申遗进程。

韩国政府相关部门协商,在将暖炕技术申遗前,先在国内登记为非物质文化遗产。

暖炕技术说白了,就是烧炕,这活儿上了年纪的北方农民都懂。已经拆掉火炕用上其他供暖方式的北方老农,不太明白的可能是韩国官员这句话:如果暖炕技术成为世界文化遗产,那么地热采暖的独创性和优越性将会广为人知,这对相关产业的扩大出口大有好处。

韩国人认为,暖炕技术具有值得为人类保护的世界遗产价值。话说得文绉绉,其实,火炕，就是土炕，我睡过，还真切体会到了睡火炕的妙处，深知火炕对改善湿寒体质的神效，强过打针吃药喝凉茶万千倍。当然，秋扇见弃，我也见证了国人唾弃土炕时的那种"豪迈"。

也许，有人会嗤之以鼻：土炕是我们老祖宗传下的东西，韩国人来凑什么热闹？不错，老祖宗是创造并留下来许多宝贝，问题是，被我们这帮子孙后代糟蹋扔掉的可不少。

时下，韩流日风西渐。据传，有个东亚国家以儒学正宗自居。

韩国人在弘扬中华文化方面劲头十足，够得上不遗余力、只争朝夕了。事实也反复证明，他们不但这么想，这么说，也是这么做的，而且做得似模似样，有声有色，成果斐然。

这边厢，国人近来爱看"星星"。王岐山发话了："我就在考虑一个问题，韩剧为什么在中国有市场？""我发现我明白了，韩剧走在咱们前头。韩剧的内核和灵魂，恰恰是历史传统文化的升华。"

我们丢掉了。韩国人吸收我们优秀的文化传统，建立起他们的文化理念和生活美学，信心满满地在不少方面把我们远远甩在后头。

中国有非常丰富、宝贵的创作资源。但是，某些国产"雷"剧，媚俗"毁三观"，对于文化不知敬畏，或者说，优秀的传统在不少创作者心里，所剩无几了。

这也难怪，历经千百年来的浩劫、摧残、折腾，中国文化元气大伤。曾有学者愤慨地评论："找不到任何一个国家，像我们这样急于践踏自己的文化。"用评论家陈丹青的话，"两三千年以来，遍布全国草根文化的文脉全部被切断"。

如果文脉已断，那麻烦大了，中国人的身份认同怎么办？

怎么办？续上去啊！文脉不能在我们这代人手里绝了。

是谁把我们推向火炕？是韩国人吗？不是。当然也不应该是我们自己。

打好这份工

"君子以正位凝命。"人应该找准目标，摆正位置，凝聚力量，干自己该干和能干的事，承担应有的责任，以完成自身使命。

2014年12月31日晚，按一年一期的习惯，我也来"过过年关""算算总账"，自我策励。

传统媒体流年不利，今年颓势尽显，特别是纸媒遭遇寒冬，整体不景气，为本人入行多年来所罕见。报社转型变阵，编务繁重，加之广告经营和报纸发行的压力，一年下来我气喘吁吁。所幸，年内各项任务顺利完成，对上下左右、对自己算是有个交代。

犹记得32年前，从小向往当记者的我，如愿跨入大学新闻系门槛。当时一幅迎新大标语十分抢眼，至今记忆犹新："欢迎你，未来的新闻记者！"就这么窝心的一句话，使我热血沸腾，从此"芳心暗许"，立志把记者作为终身职业，当个社会"守门人"。

秋月春风，潮起潮落。基于传统媒体的现

状，有的纸媒人正在逃离。有朋友问我是否入错行，是否该准备后路？哈哈，世事无常态，何来对与错？退一万步，若报纸真在这个时代消亡了，我还算得上末代报人，何其壮烈。

来日方长，事在人为，报业浴火重生，亦未可知。何况，积平凡可成伟大，积细行终成大德。目前，我就抱定宗旨，坚守岗位，打好这份工，不乱生异心，不庸人自扰之。

前任香港特首曾喊出"打好这份工"的口号。没错，"特首"就是一个角色，一份工作。倘若大家都能发扬"做一天和尚撞一天钟"的精神，做好本职工作，各安本分，扮演好自己的角色，世界将更加平和有序。

切莫把工作当成负担。换个角度看，工作是磨炼，是在成就人。大话说得震天响，如果没有实证支撑，人生还是不完美，没有说服力。大德云：信解行证，无行，虽信解何益？无行，虽欲证何依？

事须躬行，世出世间，都必须圆融。生活经历告诉我，遇见的每个人，所做的每一件事，都在给自己启示，使我逐渐走向成熟，完善自身。

《周易·鼎卦》象曰："君子以正位凝命。"人应该找准目标，摆正位置，凝聚力量，干自己该干和能干的事，承担应有的责任，以完成自身使命。

报纸工作紧张忙碌，我平时夜班的值班总编工作，头绪众多，需要调御解决。尽管面对的东西很多，但凌晨下班回到家，上床睡觉之前，都得放下，清空归零。

中国医师协会的数据说，职场上媒体人睡眠质量最差。可是，习惯了日夜作息颠倒，我练出了倒头便睡的功夫。黑夜不知白天的白，每个晴天，我都觉得阳光格外灿烂，幸福指数超高。

"不忘初心，方得始终。"明天照样上班去，继续打好这份工。

哦，三心不可得，又起妄想了，打住。

走进历史，是为了走出历史

吾见如是

> 探寻过去是为了指引未来，唯有超越历史，才能创造更加辉煌的历史。

明治维新后的70多年里，日本曾发动和参加过10次侵华战争，给中国人民造成了深重灾难，这是铁一般的历史事实。

由于种种原因，历史真相可能被湮没，但绝不能容忍掩盖历史、篡改历史。日本右翼势力极力否认、歪曲，甚至美化侵略历史。东莞一家工厂的日方管理人员公然宣称，二战时日本并非侵略中国，而是帮助中国摆脱西方列强殖民。此言一出，随即引发众多中国员工集体抗议。

为了廓清历史迷思，我们需要走进历史。

自中日甲午之战起，日本就开始走向以邻为壑。回顾甲午战争，必须从明治维新说起，而这又绕不开黑船事件。

日本近代初期的历史遭遇与中国一样。1853年，美国的佩里将军率军舰强行驶入东京湾，迫使日本签下"不平等"条约。从这个意义上说,黑船事件类似于发生在中国的鸦片战争。

对于这样被动开放的记忆和反思,中日两个民族截然不同。黑船事件打开了日本封闭的国门,导致后来的明治维新,日本从此走上现代化强国之路,随后的一系列历史事件的发生,皆与此有密切关联。当日本人走出那段屈辱的历史,不禁对佩里顶礼膜拜,为他树碑立传,不但专门树起佩里的雕像,东京京户博物馆还为他写了一份充满感激之情的人生履历。

广东有两处遗址深深烙上了鸦片战争的印记:一是虎门销烟池,一是三元里抗英纪念碑。从20世纪90年代初期开始,每到6月26日的国际禁毒日,在东莞虎门都会有声势浩大的销烟大会,今年也不例外。

据新华社7月6日电,中央印发《关于加强禁毒工作的意见》,指出目前我国毒品问题已进入加速蔓延期,毒情形势十分严峻复杂,要求各级政府坚决遏制毒品问题。鸦片战争已经过去一个多世纪了,毒品的幽灵依然还在共和国的上空徘徊着,我们仍旧没有完全走出历史的阴霾。

看待历史的立场角度不同,得出的结论和启示会大相径庭。甲午之战,深刻影响和改变了中日两国的命运。刘亚洲上将在分析这场战争的历史深刻性时说,对这场战争疑问的解答，构成了我们民族进步的阶梯。他强调两点：一、战争失败了，但失败的原因至今仍在追问之中；二、战争虽然早已结束，但战争的伤口并未愈合，仍然横亘在历史和现实之间。

甲午风云曾加速了国人觉醒，促进中国首次现代化转型，抗日战争又成为一场真正的民族解放战争，中国人民救亡图存，由"一盘散沙"走向同仇敌忾，走出屈辱的历史低谷，这是中华民族命运的关键转折。而日本军国主义则被牢牢钉在了历史的耻辱柱上。这是历史的辩证法，也是人间正道。

牢记历史，并不是为了延续悲愤，更不是为了制造新的仇恨。走进历史是为了走出历史，探寻过去是为了指引未来，在当今世界凝聚起和平发展的正义力量。

苟日新，日日新，又日新。唯有超越历史，才能创造更加辉煌的历史。

返本达元

　　人的本性清静无为，因为染着而附有杂性，从杂性又衍生出幻化自我，再由我执形成幻化识别心，在意识分别的驱动下，人有了形形色色的行为造作。

　　回到源头，达本归元，能找回人的天性良知。彻底修正自己错误的思想行为，就一定会水落石出，豁然开朗，迎来智慧人生。

吾見如是

文化学者　增仁书

究本溯源 了达实相

> 跳进黄河能否洗得清，回到源头自然明白，回到源头能找到事物发展的源泉和动力。同一条黄河有清有浊，清是黄河，浊也是黄河，说清不对，说浊也不是，清浊都对，也都不对。

俗话说，"跳进黄河洗不清"。普通人的印象是，黄河水浑浊，即便跳下去也清洁不了身子。

可是不久前，我还真见到清澈的黄河。"天下黄河贵德清"，在青海贵德县所见，黄河水是清的。

黄河水到底是清还是浊？同一条黄河有清有浊，清是黄河，浊也是黄河，说清不对，说浊也不是，清浊都对，也都不对。

清浊两面总是相伴而生，有清必定有浊，浊也离不开清。世间事，大抵这样。

跳进黄河能否洗得清，回到源头自然明白。到达黄河上游，就再不说"跳进黄河洗不清"啦。

溯源如此，登高同理。

"会当凌绝顶，一览众山小。"在制高点上一览无遗，这是常理。徘徊山坳弯弯绕绕，在山这头说山那头，永远讲不清山的全貌。

现实中，有太多人在追求真相的过程中，激动得号啕大哭，结果与真理擦肩而过。迷恋沿途风景，难免耽误路程，在段落里说段落，而且说得不亦乐乎，不知韶华易逝、老之将至，不亦悲夫。

读万卷书行万里路，说得有没有道理？有道理。但若一味"格物致知"，没完没了地读啊读，行啊行，终归是望断天涯路，昏了头。

最要紧的是，直奔源头，达本归元。

为何要回归源头？因为乱花迷人眼，身在此山中，不识真面目。源头有活水，源头有慧泉，唯有智慧，才能廓清迷雾。回到源头才能找到事物发展的源泉和动力。

《圣经》是基督教文明的源头。《旧约·创世记》是一个元故事，"元"就是始、开端，西方不少艺术家的创作灵感就源自《圣经》故事。

光辉灿烂的古希腊文化，对后世产生了深远影响。讲西方文明的起源，也一定"言必称希腊"。

世间乱象丛生，底线屡被突破。当下社会病了，毒源病根在心，最毒是人心，人心是病根。回归本源，人的天性良知可不是这样的，老子希望人在精神上回归纯真不伪、本色自然的婴儿状态，孟子也讲"不失其赤子之心"，赤子之心是一种无法污染的神圣。唯大英雄能本色，是真名士自风流。

根据《易经》的说法，无极生太极，太极生两仪，两仪生四象，四象生八卦，八卦化万物。世界的本源，就是没有分别的一体相，万事万物都是从混沌的无极化生而来。

"万物负阴而抱阳，冲气以为和。"一条黄河，不清不浊，亦清亦浊。黄河水的浊，是相对于上游的清而言；清，又是相对于下游的浊来说。

回到源头，能找到我们的本元真心。

唤醒觉性基因做个明白人

吾见如是

> 人们担心缺陷基因兴风作浪，那么我们能否请出觉性基因来当家做主？佛家管这叫请佛住世，这个佛是自性佛

有位朋友心地善良，可惜经历坎坷，被外境夺志，导致他与人为善的人生信念有所动摇。最近，他有些心神不定，问道："人到底是性善，还是性恶？"

性善还是性恶的问题，古今中外，争论不休。孟子说性善，荀子说性恶，杨朱主张善恶混有，告子主张性无善无不善，不一而足。

《旧约·创世记》讲，"神就照着自己的形象造人"。可是人性有弱点，本来看着"挺好"的人，后来经不住诱惑，违背誓约偷食禁果，犯下原罪。

近日，阅读台湾星云大师著的《释迦牟尼佛传》。书中讲释迦牟尼在菩提树下觉悟成佛，宣示"一切众生皆具如来智慧德相，但因烦恼执着而不能证得"。"如来智慧德相"，即是一切众生本具的觉性，这个如来种性是人

类的完美基因，我们原本就有，不依他得。

佛陀开示，人之所以无法明心见性，是因为烦恼执着覆盖障蔽，使得智慧觉性不能显现。

按照佛家的观点，人的本性是清静无为的。因为染着而附有杂性，从杂性又衍生出幻化自我，再由我执形成了幻化的识别心，在意识分别的驱动下，人产生行为造作，造就了现实中的人类社会。

近代以讲病闻名的大善人王凤仪，三言两语把这个问题讲清了。他说，人有三性：一天性，二禀性，三习性。他劝人祛除染着的习性、化掉烦恼的禀性、圆满纯良的天性。

人性如此，我们的身体又如何呢？

科学家说人体有缺陷，受各种因素影响，基因会突变，潜伏的缺陷基因可能会被唤醒而开始表达，导致严重后果。医学研究显示，某些癌症患者存在肿瘤易感基因，有些癌症与某一抑癌基因的改变有关。

"朱莉割乳"引起广泛关注。好莱坞女星朱莉身上带有"缺陷基因"，由于担心这一恶因滋长，结出可怕的恶果，她欣然接受手术割掉乳腺。医生认为，此举令她患乳腺癌的概率从87%下降到5%。

可是，斩脚趾避沙虫的做法，难言究竟完美。术后，可怜的朱莉又对记者说，在适当的时候，她将会再切除卵巢。

人们担心缺陷基因兴风作浪，那么我们能否请出觉性基因来当家做主？佛家管这叫请佛住世，这个佛是自性佛。

究竟该如何唤醒觉性基因，开启智慧之门？

佛说："应无所住而生其心。"如果内心坦荡自在，远离虚妄执着，我们的圆满觉性就激活了，灵性就该启用。彻底修正自己错误的思想行为，就一定会水落石出，我们将豁然开朗，迎来智慧人生。

唤醒觉性基因，觉悟人生，当个明白人，算是不枉来世间走一遭。

往里看，其实你很强大

朝里看，面对自己，因相信而真实，这种精神的力量不是幻觉，心会给你指引，给你答案。大修在世间，艰难困苦玉汝于成。一切的一切，都是我们成就的助力，只是你懂不懂正用。

民以食为天。当前，餐桌的安全问题，搅得国人愁肠百结、寝食难安，很是不爽。

这不，几天前一饭局上，朋友们纷纷慨叹，很多食品都不卫生，不知该点什么菜吃。

我有感而发：该吃啥吃啥，食品有问题是生产商的事，要不要吃、吃什么，是你自己的问题。对你而言，你不吃它，就没有问题。

朋友大惊失色："那太恐怖了，饭不能不吃，吃坏了身子，咋办？"

我笑言，大家如果不作意吃，就能得到合理消化，死不了啦。

我继续"胡言乱语"：在吃的问题上，大可不必提心吊胆，如果你想得太明白的话，就没什么东西能吃了，日子没法过。难道不是吗？食材基本是土里长水里生，即是生长于污泥浊水之中，臭烘烘，血腥腥，有什么好吃的？说穿了，我们的身体也就是一部造粪机器。

朋友取笑我：世界都乱成这样子，你似乎无动于衷。

我说：理论上讲，我们无法掌控别人，但可以把握自己的内心，不以物喜，不以己悲，这样就可以消解外来影响。看外部世界，海不扬波；反观内心，自在平静。

就这么不着边际地海侃神聊，一顿饭工夫转眼过去了。通过点菜等主观取舍，大家心理上摆脱了对不洁食品的忧虑，屏蔽了对餐饮不安全这个事实的恐惧，于是吃兴盎然，大伙尽欢而散。

当我们纠缠于要不要戴口罩呼吸、喝的水有没有受重金属污染、食品含不含毒等问题的时候，我们须知，生活在今生今世，确实面临严峻的挑战。

活在当下，当然需要具备生存的智慧。

面对道德底线不断沦陷的现实，普通百姓作为生命个体会很无助，小人物虽改变不了环境，却应该努力去适应环境的变化。适应环境，首先得改变自己，让自己变得更聪明一些，懂得趋利避害。如果改变自己这一点做不到，那你的生活能力就大有问题，会很危险。

日求三餐，夜求一宿，生活离不开吃喝拉撒睡，所以该吃还得吃。在不确定食品是否安全时，吃少一点，偶尔少吃一顿，对身体而言并没有大碍。不能忽视的是，我们的身体与生俱来有大智慧，在可控的范围内，身体会不断地调节、适应、进化，一旦周遭出现危险的情况，正是身体潜能激发、智慧启用之时。

正常的情况下，身体都会提前预警，至于能否接收得到，则取决于个人身体的敏感程度，取决于你是否善待、尊重自己的身体，是否善于与它对话。比如说，一杯水如果怪味呛喉，就要注意了；成分不纯的食物，经过食道时会有阻隔感，勉强吃下可能会反胃；再比如酒喝到一定程度也许头晕作呕，那就断然不能再贪杯。凡此种种，都在告诉我们，人要懂得倾听身体的声音，并做出相应的选择，这就是智慧。

我们的身体有强大的解毒体系。淋巴系统，肝、肾、皮肤等器官组织，都具有排毒功能，肠更是能化腐朽为神奇。无须我们在意，身体本身已经静悄悄地把该办的事给办了。像肝开窍于目，流泪就是一种很好的排毒办法。

临床心理学已经证明，心理平衡可以直接帮助免疫系统对抗身体疾病，行为以及言论的矛盾冲突和极度不一致，亦会使身体平衡失调，导致疾病的产生。有时候，我们担心食物有问题，内心处于矛盾对立，再三犹豫吃还是不吃，此时负面情绪所带来的毒素，已经对身体造成伤害。

正能量催人奋发向上，给人希望，这是让我们的生活变得圆满幸福的动力和情感。美国心理学大师理查德·怀斯曼在《正能量》一书中写道：情绪决定行为，而行为模式又影响人的信念、情绪、意志力。我们要学会提升自己内在的信任、豁达、进取等正能量；规避自私、猜疑、沮丧、消沉的负能量。

改变自己的行为方式，最终激发出内心的正能量，这种正能量可以产生一个新的自我，让自己变得更加自信、充满活力，更有安全感。

朝里看，内心既空灵又强大。生命有内在的张力，有巨大的潜能，开发这个宝库的前提是沉下心来，朝里看。朝里看，面对自己，因相信而真实，这种精神的力量不是幻觉，心会给你指引，给你答案。习惯向外望，就可能忽视自家宝贝，就容易随波逐流。

倾听、关注自己"内在"的声音，摆脱"外在"的操控，这是摆在我们每个人面前的一大人生功课。

有喜欢修禅的朋友诉说，苦于生活压力无法静修。我说：罪过，罪过，您错了！照您这种想法，永远不得入究竟知见，见本来面目。

大修在世间，艰难困苦玉汝于成。一切的一切，都是我们成就的助力，所谓的负能量也是可以改变转化，只是你懂不懂正用。

　　有个禅宗故事讲道，小和尚问师父，自己有没有佛性，师父回答说：你没有。再问狗有没有佛性，师父答道：狗有佛性。又问：为何狗有佛性而自己却没有？师父语重心长地告诉弟子，因为你不敢承认自己有，所以我说你没有。

打开眼界 转识成智

吾见如是

明白人不心猿意马、东张西望,不执着知觉,不被外界牵扯转动而住色生心。他们不是向外追逐世界,更多是向内寻求心灵,转识成智。

眼见为实,是人的经验教条。

我们习惯了头顶青天、脚踏实地,因环境条件改变而出现的情况,人很难想象得来。

宇航员告诉我们,在太空中生活,无所谓方位,无论头朝哪个方向,自身感觉都是一样。不久前,宇航员在太空失重环境下讲授的实验课,颠覆了地球人的习惯认知,几千万学生看了之后,"哇"声一片:世界原来可以这样。

眼见不为实。小时候,我就上过眼睛的当,险些丢了小命。

那时候河水清澈,有一次到河里游泳,看上去水不深,我便一个猛子扎下去,不料水深没顶,差点上不了岸。后来我才明白,这是光折射引起的视觉误差,水的实际深度要比估计的深。

眼睛没看见的不一定不存在。冯梦龙在"三言二拍"中,就调侃了一段《苏轼黄州菊花误》的故事。

苏轼平时看到的菊花,都是枯萎,不会落瓣的。没想到在被贬地黄州,他看到一种菊花,重阳时节,满地落英。这时想起给当朝宰相王安石续写咏菊诗的往事,苏轼不禁仰天长叹:"菊花误我!"

眼睛往往又会视而不见。我曾在医院看到一位病人质问医生:"我割了白内障,为何还看不见?"医生耐心解释道:"你的视神经萎缩,所以摘除白内障后,视力还是不好,没办法。"

视觉成像原理是物体发射或反射而来的光,穿过瞳孔和晶状体,投影于视网膜上,再由视觉神经传送到大脑。人的视觉活动涉及一系列物理、生理和心理问题。

人眼通心眼,故有"眼不见心不烦"一说。老子讲"五色使人目盲",就是提醒人们在缤纷的世相面前,不要心旌摇曳,迷失了方向。

"情人眼里出西施"这句话,说明人的内心意识直接操纵着视觉器官。是不是"西施",眼睛决定不了,由心说了算。"眼睛容不下沙子"这句双关语,指的是一个人的偏执狭隘心理,这是在讲心。

看见的只是看不见的投影。外在的一切,都是内心世界的投影,我们的外表、举止谈吐,就是内在素养的外化形式。同样的事情,一样的风景,不一样的是看风景的心情。心若喜悦,阳光灿烂;心若忧伤,光芒扎眼。审美审丑,快乐与否,皆由心生。

眼睛需要借日、月、灯等种种外光而明,如果不借他光,昏蒙暗昧,眼睛无法视物。我们的肉眼也无法内视,不能看清自我。所以说,人的视觉有局限,必须打开眼界。

人贵有自知之明。自知之明来自慧眼观照、心眼发明,通过自觉内省而得。明白人不心猿意马、东张西望,不执着知觉,不被外界牵扯转动而住色生心。他们不是向外追逐世界,更多是向内寻求心灵,转识成智。

慧日升空 天鉴无遗

人的灵性通达四面八方，在我们心中，有一条通往彼此的路。

我们生活的空间，上下左右前后，笼罩着一张天罗地网，严严实实。

打开互联网卫星地图，山河大地，一览无遗。靠中国北斗卫星导航系统一个终端指引，你就可以走遍天下。

我们周围，各种电磁信号穿插叠加，不同网络系统交集复合，全天候启用。系统不因你没有觉察，或者没有加入使用，而丧失功能不复存在。

卫星通信可以实现对地面的"无缝隙"覆盖，可是送卫星上天却大费周折。到最后阶段，运载火箭逐级分离，整流罩脱落，所有附加物都要统统剥离，卫星再进行变轨，最终融入虚空，"裸奔"天际，造福人间。

与其他科学发明不同，抽象的相对论不是产生于实验室，而是发源于爱因斯坦的思维实验。他的内心世界有个浩瀚宇宙，后来借助日蚀测量，广义相对论才得到证实。

南北朝时期的刘勰说过"思接千载""视通万里"。19世纪，美国人詹姆斯提出了"意识流"概念，认为思维始终在"流动"，超时间性和超空间性，即不受时间和空间的束缚，零时差穿越。

后来的西方非理性哲学强调，直觉是认识世界本体的唯一根据，靠理性分析永远都不能把握世界的本质。弗洛伊德挑战"人是理性动物"的传统观念，认为人的生命力和意识活动的基础，是潜意识乃至无意识。

时下的科技创新已进入"大智移云"的程度，大伙紧跟着科学家进行科技革命，开始了各种腾云驾雾。

其实，云计算也好，大数据也罢，都嫌慢了，因为都离不开信息的采集、分析、储存、提取、计算等步骤，都有个时间差。

人类社会，同样有张无形的罗网，人们确立各种各样的伦理关系、制度规范，所谓"法网恢恢，疏而不漏"。传统文化提倡君子慎独，不欺暗室，天知地知，人不能昧着良心做事。

日出灯不明，太阳照耀万物，温暖大地。但是，太阳光是有碍光，照在树上会落下影子。

人生需要的，是一双慧眼，身体虽为"大

患"，灵性却无障碍。只要勤加磨炼，一旦机缘成熟，根尘脱落，就会豁然开朗，灵性脱颖而出。百尺竿头更进一步，那光景便是慧日当空，性光发明，此方他界零时差、零距差。

经云：如来悉知悉见。佛眼观大千世界，如掌上睹物，了了分明。佛光普照，天鉴无遗。

人的灵性通达四面八方，在我们心中，有一条通往彼此的路。

为何不是百年孤寂

吾见如是

回忆是一条没有归途的路，人们只能活在现实中，活在当下。可事实上，现实一纵即逝，当下已无当下，现在心了不可得，本体空寂。

"过去都是假的，回忆是一条没有归途的路，以往的一切春天都无法复原，即使最狂乱且坚韧的爱情，归根结底也不过是一种瞬息即逝的现实，唯有孤独永恒。"

马尔克斯是魔幻现实主义大师，读到他的杰作《百年孤独》这一经典名句时，我闪过一个念头，为何是"百年孤独"，而不是"百年孤寂"？

"唯有孤独永恒"，孤独真的永恒吗？

因为想要战胜孤独，所以孤独成为永恒，这就是心魔。正如堂吉诃德时常幻想自己是个中世纪骑士，一心想行侠仗义。于是，抱打不平成为他的毕生功课和人生的最高理想，无休无止，永不停息。

现实瞬息即逝，逝去的现实成为过去，

而过去都是假的。按马氏这个逻辑，孤独是现实，而现实又将成为过去，所以，孤独这个现实也是假的，何来"唯有孤独永恒"？

"孤独"是相对于支持、同情、团结而言的，马氏反对自私自利，希望用团结战胜孤独。一旦团结与孤独相遇，孤独便不再永恒，而是寂灭两边。寂灭是一种崭新的状态，别有一番滋味。

设想人睡着了，心念歇了下来，这时候孤独感去哪儿了？什么是永恒？如果梦境中独头意识营造出团结热闹的场面，此时孤独更是子虚乌有。当然，春梦了无痕，醒来后可能又是一阵孤独感涌上心头。

可见，孤独感只是段落出现，孤独并非永恒，孤独没有本体，孤独感不过是建立在心意识之上，这是魔幻现实。

就像人患病，对症下药，病与药相抵，痊愈了，人不再有病，亦不再需药。既然病能被治愈，也就说明病没有本体，是可以变异的。

如果病与药不能两相抵消，归于空无，尚还有些许残存，那就不叫寂灭，就得另当别论了。就像治疗高血压最后变低血压，糖尿病治成低血糖，那可就够呛，真应了这句"唯有孤独永恒"。

这种情形，有点像范进中举。屡试不中的落魄儒生，终于等来中举喜讯，从此不再孤独、不受奚落，但是喜极伤心，疯癫了。

医学上治疗孤独症，可以用精神科药物。日常生活给人的经验是：如果能感受到外界的支持与同情，人的孤独感便可能即时消失，不再一路孤独下去。

生命是一条河，逝者如斯夫。回忆是一条没有归途的路，人们只能活在现实中，活在当下。可事实上，现实一纵即逝，当下已无当下，现在心了不可得，本体空寂。

大师笔下，现实似是而非，远非真实本身。阁下若是执假为真，那是阁下眼力不济，是阁下自己的事，与别人、与"现实"无关。

很显然，如果真的"唯有孤独永恒"，马尔克斯就不可能成其伟大。这是怎么回事？哦，天知道。

所谓魔幻现实主义，是用魔幻的手法反映现实。回到《百年孤独》原书，这部魔幻名篇讲了一个家族光怪陆离的百年宿命，最后一场飓风把他们世居的小镇刮走，家族被彻底抹掉，大地重归寂静。

"一个幸福晚年的秘诀不是别的，而是与孤寂签订一个体面的协定。"这是《百年孤独》里的又一金句。

如果还不明白"孤独"与"孤寂"的差异,那么可以请教港台的翻译家和出版商,为何在台湾出版的这本书,书名叫《百年孤寂》。

我在你心中

> 吾见如是

> 心能觉知，客观世界万事万物，都是心的对象。我们应该做的，就是把这个觉照力提起来，让明镜高悬。

如果说，"我在你心中"，你可能不信不解。请试听一番对话。

一位朋友经常会犯迷糊，有一天他打来电话，张嘴便问："你在哪儿？"我刚好要出门，随口应道："我在你心中。"

朋友不解，又迷糊起来，讲了句："说人话！"

我继续调侃："是你听不懂人话。你心中有我，先想起我来，然后才跟我打的电话，我不在你心中，又在哪里？"

估计他快要晕过去了，我只好耐心解析："心动然后行动。你给我打电话，首先一定是你想起我，心里有我这个人的存在，然后才有打我电话这个行为。现在你如果问我人在哪里，我告诉你，我在你电话的另一头。"我接着对他说，"现在你闭上眼，屏住呼吸，啥都不想,然后再睁开眼告诉我,老吴此刻在哪儿?"

电话那头一阵沉默,然后传来兴奋的声音:"你真的在我心中,怎么会是这样?"

他不迷糊了,我也就会心一笑。突然这位老兄又冒出一句:"你是在我心中,那我在不在你心中呀?"我立马打住:"可别。我没心没肺,你自己找个地方待着吧。"

"那我们另找时间再聊。"

"好的。"我说。

究其实,我就是你心中的一个反映。再想想,又何止我一个人,世间万物,山河大地,都在你的心中。关键是心量要大,心要启用。

"世界是我的意志,世界是我的表象。"这是叔本华说的,这个进行"表象者"就是人自己。

心能觉知,客观世界万事万物,都是心的对象。我们应该做的,就是把这个觉照力提起来,让明镜高悬。

"我在你心中",道理不复杂。当然,这个需要彼此相应。

过了几天,"迷糊大师"邀约几位老友茶叙。为何"我在你心中",又引起了大家的热议。有的倡言,苟富贵,勿相忘;有的讲,你中有我,我中有你。最后达成一致:咱哥们儿肝胆相照,心相连。

"我在你心中",引发更多"心"的话题。有位朋友"吐槽":小孩不听话,进入不了孩子的内心世界。这就对了!最该关心的,是孩子的心灵,这是根本处,从此入手,纲举目张。

问题是,父母不具备灵魂工程师的资质,说不到点子上,不能叩动孩子的心灵。有的还可能引起反感,导致亲子关系紧张。

所以,为人父母者,对孩子除动之以情,还要晓之以理,这个理必须能入心入肺。想做到这一点,大人首先得放下成见,焕发童真,孩子才能与你"相应"。

现场有位公司老总,他发起牢骚:下属办事不用心。用心,用的是啥心?骆驼穿不过针眼,本就小心眼,不抓狂已属万幸,再用这个小心眼做事,事情不办砸,才见鬼呢。

心明了,人就灵动;心量广大,人才堪大用。虚则灵,空则妙。但用此心,无往而不利。

那位"迷糊大师"这时高兴了:"你在我心中,我现在知道了。""那好,"我接上他的话,"那你就定在'知'上,在'知'上观照参究,下功夫做文章,看看真正能'知'的是谁?知道什么?"

"如果我不知道,那该咋办?"他的老毛病又犯了。

"呵呵,"我乐了,"那就凉拌呗。晚上大伙吃凉拌菜,小葱拌豆腐,一清二白。"

追随内心 HOLD 住信仰

真正发现自己内心的人,能够当家做主,成为被信仰者,被他人所认同、所信赖、所追随。

经常听到有人感叹信仰缺失。人的信仰究竟是啥"东东"?

信仰是人们对真理坚信不疑的认定,这是个宏大话题。

从字面上不难理解,信仰有信服、仰慕、尊崇之意,但是,三观不同,信服什么,仰慕谁,成了个大问题。

现时物质丰富,若有人把财富和权力当作信仰,不择手段追逐,并不算明智。知名人士王石先生深明此理,几天前,在北大汇丰商学院演讲时,他说,企业家不能把赚钱作为信仰。

物以稀为贵。信仰缺失更彰显出信仰的可贵。凡夫俗子操练不够,看不通,悟不透。

因信称义。正信者身体力行,身上自有贵气,会有感染力,受到人敬重。

吾见如是

信愿行，智信者知道如何培德植福，做人有德配，德行与之相匹配，厚德载物，大业可成。所以王石说，企业家除了赚钱，还应该有信仰。

事实上，中国人自古就有自己的信仰。万物有灵，物久成精，国人崇尚信则灵。目力所及，祖国大地，相信萨满灵媒者有之，对着老树顽石烧香磕头者，更比比皆是。这些民间信仰，五花八门，在历史长河中一直抚慰着大众的心灵。历朝历代的统治者也不断昭告天下，推崇某些价值观。由于理解的偏差，加之实践问题、人性缺陷、智慧不足等等，结果形形色色的信仰各行其是，人神殊途，达不到究竟。

现实社会，金钱拜物教盛行，许多人相信金钱万能，可最终却发现身家丰厚，生活并不踏实，人生并不幸福，信到尽头一场空，这是死心眼。

信自己，一定行。这话乍听起来很响亮，信自己的确没错，问题是该怎么信。如果自己是一个糊涂蛋，信自己就会一条道走到黑，这是缺心眼。

相信自己，背后一定要有支撑，有一定的实力作为后盾。但是，大凡自高自大之辈，信的总是头脑，机关算尽太聪明，最终也不过是脑残脑萎缩，这是没心眼。

相信自己，你真的信吗？真正信自己，应

该是对自己的内心始终深信不疑,听从内心的召唤,按照内心指引行事,这叫自信心。真正的信心,不仅是对真理的清楚认识,更是意志的降服。

"至则不论,论则不至。"人因信仰而活,信仰有个修习过程,人有信仰,也还是在过程当中。当然,信心需要提振,信心可以锻造,通过不断学习、实践,我们的信心可以由小变大,信仰会由起伏不定到坚定不移。如今,信仰危机为信仰的重建提供了希望。

信自己,怎么信?特立独行的"乔帮主"给了"果粉"们一个很好的示范,他说:"不要让他人的观点掩盖你内心的声音,最重要的是,要有勇气追随自己的内心和直觉。"

追随自己的内心,先得发现自己的内心,前提是明心见性。这个心不是指心脏,也不是说大脑,而是一种无为又无所不为的生命状态。

真正发现自己内心的人,真理在胸,心明眼亮,不需要机巧算计,能够当家做主。这种人最终有可能超越信仰,成为被信仰者,被他人所认同、所信赖、所追随。

举头三尺有神明,人感受到外来的制约,所以自觉规范思想行为,实践信仰。从宗教信仰角度理解,这类"神明"无处不在、无所不能。由于人体有个所在,占有一定空间,所以,人体本身也可能是"神明"的居所，有"神明"的成分。

孟子说："万物皆备于我。"万事万物之理，已经天赋予我，"圣人之道，吾性自足"，每个人都具有圣贤的本质。我们可以打开宗教大门，找出自身的神性元素，与之展开对话沟通。诗云：

人人自有定盘针，
万化根源总在心。
却笑从前颠倒见，
枝枝叶叶外头寻。

跋

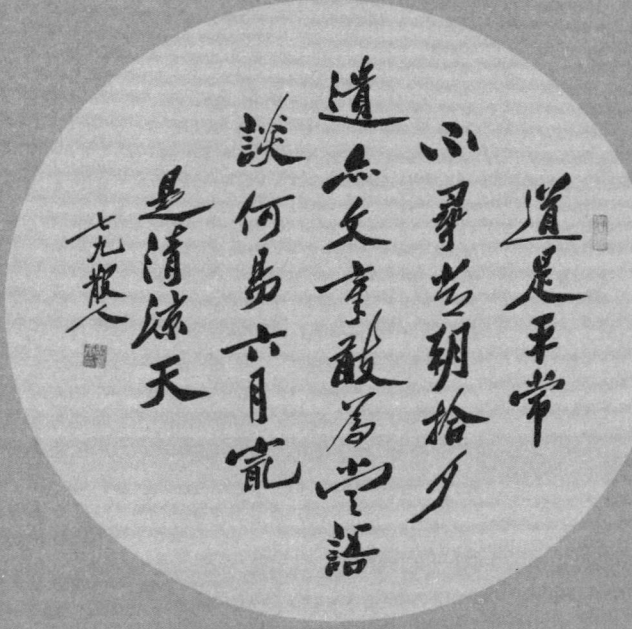

文化学者　七九散人撰并书

归〇

我长年当夜班编辑，编而不作，用句俗话说就是抬轿子，为他人作嫁衣裳。2012年开始，因工作关系，我陆续在《晶报》写作《吾见如是》专栏，立足现实人生，探讨儒、释、道三学，闲话茶禅茶道，拨云现月，如是吾见，不离一心。友人抬爱，一再鼓动我将文章结成集子。今日付梓，多了个机会就教于读者。

借此机会，还要感谢中国佛教协会副会长纯一大和尚、印顺大和尚，以及诸多善知识对我的提点帮助，大家对本书出版贡献良多！

责任编辑要求在此多写几句作为"后记"。这让我想起以前胡撰的一首打油诗，最后仨字是"常归〇"。对末尾这个符号，许多朋友不解其意。我说，可视为圆圈，圆圆满满；也可看作O，归零；您也可理解为"元"，即归元，混沌未开；当然也可作句号解。怎么舒服怎么看，都对，又都不对。我写了高兴过后就撂，写而不写；您看完无须再执着，看而不看。画上个大句号，清空回零，就对了。

《尔雅》云："元，始也。"元，原点，

元始状态，没有分别的一体相。归元，就是回到原点，就是归〇。

　　道不可闻，闻不若塞。归〇不生心，无为心态，唯此为大。